メディアワークス文庫

本を愛した彼女と、彼女の本の物語

上野 遊

目　次

第一部　読む　Reader　5

第二部　編む　Editor　127

第三部　著す　Author　219

エピローグ　受け継ぐ　and then　303

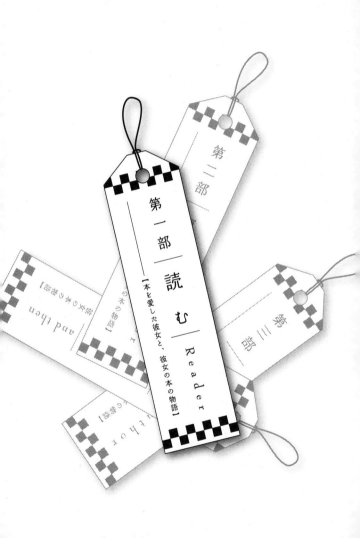

第一部　読む　Reader

【本を愛した彼女と、彼女の本の物語】

1

人間は誰も、自分が生まれたときのことも、自分が自分であると認識した瞬間のことも覚えていない。生後何年もぼんやりとした意識で過ごし、気付いたときにはもう、自分というものができあがっている。そして、そのことに疑問も抱かない。

けれど僕は違う。両方を覚えている。その証拠に、僕という存在が生まれたときのことを少し話そう。自己紹介みたいなものだと思ってくれればいい。

僕が生まれた場所はとても明るくて清潔な建物だった。天井に煌々《こうこう》と照明が灯《とも》り、白衣を着た人々が忙しそうに立ち回る。大きな機械の立てる音がひっきりなしに響いていた。そこへ運び込まれるまで、僕は僕ではなかった。もっと大きな、大いなるものの一部としてあった。

僕が最初に感じたのは痛みだった。身体《からだ》に刃物が入る痛み。大きなものから切り離される痛み。瞬時にして僕は僕になった。見回せば、前後に僕のきょうだいたちが――僕とうりふたつのきょうだいたちが整然と並んでいた。

僕たちはコンベアで運ばれ、機械によってカバーを掛けられ、帯を着けられ、栞《しおり》と広告を挟み込まれ、白衣を着た作業員の手によって、きちんと向きを揃《そろ》えて箱詰めされていった。

さすがにもう分かったと思う。そう、僕は本だ。一冊の文庫本だ。

書名は『ホテル・カロン』。著者は朝霧霞《あさぎりかすみ》。定価は六百八十円（税別）。

一万二千部刷られた初版のうちの一冊が、僕である。

カバーには、題名になっているホテルのイラストが描かれている。明治浪漫《ろまん》を匂わせる、和洋折衷、古色蒼然《こしょくそうぜん》とした古いホテルだ。ホテルの前には大河。裏表紙のあらすじにも書いてあるから言ってしまうけど、このホテルの従業員は、人間ではない。支配人は神様で、従業員は妖怪。訪れる客は死者。名前にある「カロン」とは、ギリシア神話における冥府の大河の渡し守のことである。ホテル・カロンは、死者たちが最期のときを過ごすホテルなのだ。その、死者のためのホテルに、環《たまき》という少女が迷い込む。生きたままで。訳あって生死の境界に入り込んでしまった彼女はこのホテルの従業員として働き、人ならざる従業員たちや、あの世へと旅立つお客様との交流を通じて成長していく——そんな物語だ。

挨拶代わりの自己紹介はこのぐらいにしておこう。これから語るのは僕のことでも、僕に印刷された『ホテル・カロン』のことでもないのだから。

これから語るのは、一冊の本にすぎない僕が愛した、ある人間の少女の物語だ。

製本所を出た僕は、まったく同じ姿をしたきょうだいたちと一緒にトラックに積み込まれ、倉庫へと運び込まれた。そこでしばらく留め置かれ、発売日が近付くとまたトラックに載せられて、書店へと配送されていった。ほとんどのきょうだいたちとはここでお別れだ。僕たちは挨拶もなく、全国津々浦々へと散らばった。移動また移動の中、僕は僕のことを考えた。

僕は本だ。自分が一冊の文庫本であることを自覚している。

でも、僕を僕だと認識するこの意識はどこから来ているのだろう？

本は生き物ではない。意識など持ちようがないはずなのである。

なのに僕には意識があり、「自分は何者なのか？」なんて人間みたいなことを考えている。

人間が知らないだけで、実は本にも魂のようなものがあるのだろうか？

『ホテル・カロン』の中にもそうしたキャラクターが登場する。使い込まれた古道具に魂が宿り、妖怪変化となって働いている（そして主人公の口げんかの相手であり、いい相棒でもある）、いわゆる付喪神という奴《やつ》だ。けれど僕は百年も使い込まれてはいない。工場を出たばかりで持ち主すらいない。まだ新しい紙の匂いをプンプンさせている新刊だ。妖怪変化になるには早過ぎる。

ではこう考えたらどうだろう。別に使い込まなくたってあらゆるものには最初から魂が宿っている。人間にはそれが分からないだけ。うーん、ファンタジーだ。なかなか素敵な考え方だけど、どうもそうではない気がする。

倉庫で出荷を待つ間、そして書店への配送中、僕はきょうだいたちや、近くの備品に話しかけてみた。声が出せるわけではないから、呼びかけるつもりで強く念じたとか、そんな感じのことをしてみたわけだ。もしも僕らが妖怪的なものなら、声なんか出せなくても、他の方法で同族と意思疎通ができても不思議じゃない。けれどなんの反応もなかった。どうやら僕以外の本には、僕のような意識は存在しないらしい。

僕は元は人間だったというのはどうだろう？　何かの理由で死んでしまった人間が幽霊になって、生前の記憶をなくして新刊本に憑依《ひょうい》してしまった。これなら生まれたばかりなのに知識が豊富なことにも説明がつく。でも残念ながら却下。もし僕が人間なら、喩《たと》え記憶なんかなくてもこの身体に違和感の一つも覚えたはずだ。でもそんなことはなく、僕は自分が一冊の本であることを当然のこととして受け止めた。

あれこれ考えてみたけれど、結局分からない。まあどうでもいいか、と僕はこの問題をぶん投げることにした。確かめる方法もないし。それが分かったところで僕のあり方が変わるわけでもないし。理由はどうあれ僕は僕としてここにいる。それでいいや。人間がいうところの「我思う故に我あり」だ。


発売日の前日に、僕は書店に到着した。営業時間中だった。

アルバイトの店員が僕たちを箱から出し、入荷数を確かめる。

僕が入荷されたのは専門の書店ではなく、ゲームや雑貨なんかも扱う複合店だった。書籍コーナーの一番目立つところに漫画の単行本が山のように積まれている。その一つ奥が文庫の新刊棚だった。僕はその平台の端っこに、発売日が同じ本と並んで積まれた。僕の隣には超有名作家の最新作が十冊以上積まれて高い塔に、いや、それが何列も連なった壁のように陳列されていた。見上げると並ぶ『映画化決定!』の帯の文字。対する僕らの入荷数はたったの三冊とささやかなものだった。けれど本の価値は発行部数じゃない、中身だ。

正式な発売日は明日だけれど、すぐに近付いてくるお客さんが何人もいた。この出版社の本が、発売日の前日に入荷することを知っているのだろう。彼ら彼女らは迷うことなく映画化された本を手に取り、それからついでのように平台を見回した。一人が僕らの方に手を伸ばし、一冊を手に取った。裏表紙のあらすじを眺め、どうやら興味を持ってくれたらしい、一緒にレジに持っていく。

きょうだい、元気でやれよ——僕は早速売れた僕のきょうだいへとそう声をかけた。返事はなかったけれど。

翌日、もう一冊のきょうだいが売れていった。

緊張が高まった。いよいよ次は僕の番だ。

一体どんな人が買ってくれるんだろう？　僕は未来の持ち主のことをあれこれ夢想した。きょうだいたちを買っていったのは、一人は会社員、一人は大学生風の、どちらも若い女性だった。であるなら、僕を買うのも若い女性なのだろうか。本を買うのだから読書が趣味なのは間違いない。通勤中の電車の中で拡《ひろ》げるのか、それとも休日にゆったりと、コーヒーでも飲みながら読むのか。優しくて、ものを大事にする人だといいなと思った。折り目をつけられたり、開いたまま伏せられると僕らは傷んでしまう。カバーはつけてくれてもくれなくてもいいや。あった方が日焼けしなくて済むけど、きれいな表紙を隠されるのは残念だ。

緊張と期待をまぜこぜに、人間だったら胸を高鳴らせると表現する気持ちで、僕はそのときを待った。

しかし。だがしかし。

発売日から三日が過ぎても四日が過ぎても、僕は売れなかった。隣の映画化本ウォールは日に日に低くなっていく、その勢いたるや蟻《あり》にたかられた角砂糖のごとし。気がついたら半分以下になっているのだ。しかしおかげさまで、壁の脇に隠れていた僕も目立つようになった。すぐに誰かが僕に目を留《と》め、買ってくれることだろう。そう思っていたのだけれど、現実はさらに残酷だった。

映画化本の追加が来たのだ。それも百冊以上。出版不況と言われるこのご時世にたいした景気のよさである。

突然だけど、書店の売り場スペースには物理的な限界がある。とくに新作の平台は。特定の本を大量に積むためには他の本が弾《はじ》き出《だ》されることになる。

店員の目が僕を見た。嫌な予感。

ちょっと待て。やめろ。確かに僕は一冊だけで平台の一画を占拠している。僕をどかせばそこに人気作が十冊は積める確かにそれは効率的だけど僕だって発売から一週間と経《た》ってないピカピカの新作なんだぞ分かってるのかおい！　目立つところに置いてくれなきゃ売れないじゃないか！

……という僕の叫びはまったく届かなかった。

店員は僕を平台から下ろし、店の奥、出版社別の棚に差したのだった。ああ、なんてこったい。せめて新刊棚には残しておいて欲しかった。こんな奥まったところに移動させられては、売れる見込みは非常に低い。

誰の目にも留まらないまま一週間が過ぎ、一ヶ月が過ぎた。

季節が進んでお客さんがコートを着るようになった頃、小さな事件があった。僕の隣に差さっていた本が、店員の手で抜き取られたのだ。

店員は他にもいくつかの本を棚から抜き取り、できた隙間に新しい本を差し込んでいった。在庫の入れ替えである。抜き取られた本を載せたワゴンを、店員はバックヤードへと運んだ。

彼らは返本されるのだ——そのことに思い至って、僕はぞっとした。

このまま誰の手にも取ってもらえなければ、僕もいずれ返本される。出版社の倉庫に戻り、そこでしばらくは注文を待つことになるのだろう。けれど注文がなかったら、処分される。一度もページを開かれることなく。裁断され、再生紙にされて、誰かの尻を拭いた後にトイレに流される。なんてことだ。

僕は本だ。誰かに読まれるために作られた。なのに誰にも読まれず、誰も感動させることなくこの世から消えるなんて……。

それからはもう、ひたすらに不安と忍従の日々だった。お客さんが近付いてくるたび、ほうらこんなに面白そうな本がありますよ！　あなたの目の前！　と念を送る。

既刊棚に来る人は、本を買うつもりだが何を買うかは決めていない人が多い。何か面白そうな本はないかな……と眺めている。そうした人たちに向かって僕は必死でアピールしたけど、まあ、結果はむなしいものだった。

そのうち僕は考えるのもやめた。いくら念じたところで人間には届かない。せめて口がきけたなら、自分がどんなに面白い本なのかアピールできたのに。

それからどれくらい経っただろう。棚の前に誰かが立った。一応意識を向ける。いかにも会社員な、グレーのコートを着た中年男性だった。『ホテル・カロン』の想定読者層ではない。

しかし、その手がすーっと伸びてきた。まさか。そのまさかだった。そのお客さんは僕を手に取り、書名と作家名を確かめるように目を動かすと、そのままレジへと向かった。

暖房の利いた店内から出た途端、吹き付けた風がバタバタと、僕を入れた書店のビニール袋を揺らした。肌を裂くような寒風が吹き付けている。

「もうすぐ四月だっていうのにどうなってるのかしら」

「本当にねえ」

通行人のそんなやりとりが聞こえた。

その身も凍るような風の中を、僕を買った男は歩く。書店からそう離れていない洋菓子店に入って、ケーキを二つ買った。モンブランと、チーズケーキだ。

僕を入れたビニール袋とケーキの箱をぶら下げて、次に男が向かったのは病院だった。待合室を突っ切り、受付にはちょっと会釈をしただけで、迷いのない足取りで病棟へと入る。何度も来ているのだろう。一つの病室の前で立ち止まり、ノックをすると、返事は待たずに扉を開ける。

四人部屋だ。ただし今入院しているのは二人だけで、二つのベッドは空いていた。使われている二つのうち、入り口に近いベッドは使われている形跡こそあったものの、患者はいなかった。散歩かトイレか。まあそれはどうでもいい。

奥のベッドに、「彼女」はいた。

透けるように白い肌。烏《からす》の濡《ぬ》れ羽のような髪。ベッドの手すりに寄り掛かって、スマートフォンの画面を見ている。指先がちょこちょこと動くのは、ゲームをしているのだろう。男の入室に気付いて、その指が止まり、顔が上がる。少しツリ目の、きつそうな顔立ち。本を読んで感動するタイプには見えなかった。

「銀河《ぎんが》」

男が言った。唐突すぎてすぐには分からなかったが、彼女の名前らしい。

「ケーキを買ってきたぞ。お前の好きなモンブランもある」

「うん」

「またゲームをしているのか」

「暇なんだもん。入院ってホントやることない。つまんない」

男に不機嫌そうに応えて、銀河はゲームを再開した。

男はベッドサイドのテーブルに僕が入ったビニール袋を置き、その上にケーキの紙箱を置いた。そういうことをされると僕はあまり気分がよくないんだけど、抗議の念を送ったところでやっぱり人間は何も感じ取ってはくれないのだった。

「入院が嫌なら手術を」

「やだ」

男の言葉を遮るようにして、銀河は答えた。

「怖がることはないいんだよ。簡単な手術だってお医者様も言っていただろう」

銀河の手が止まった。

聞く気になってくれたと思ったのだろう、男は身を乗り出すようにして続ける。

「手術すれば治るんだ。でも治さずに放って置いたら命に関わる。お前だっていつまでもこのままじゃよくないなんて分かっているだろう？」

「……でしょ」

「何？」

「手術したらもう前みたいには走れないんでしょ。そんなの！ っ、ぐっ！」

顔を上げ、くわっと目を開いて叫んだ銀河は、突然苦しみ出した。背中を丸めて胸を押さえ、苦しそうな息をする。

「銀河！」

「触らないで」

明確な拒絶の声に、銀河の背中をさすろうとしていた男の手が止まる。

「手術は受けない。お父さんの顔も見たくない」

「……」

男は立ちすくんだ。

「もう帰って」

た。

「……ゲームはほどほどにな」

そう言い残して病室を出て行く彼は、まるで自分が病に侵されたような顔をしていた。

僕はそのままケーキの下に置いていかれた。

父親がいなくなると、銀河はケーキを二つとも平らげた。フォークも使わず手づかみでぺろり。見た目は美少女なのに何ともがさつだ。ケーキについていたフィルムを紙箱の中に放り込み、箱をまた僕の上に置く。だからそういうことをするなと。まったく、親が親なら子供も子供だ。僕はがっかりした。書物というのは知の結晶である。それをこうもぞんざいに扱うとはなんたることか！　父親が自分で読むつもりだったのか、それとも銀河への見舞いとして買ったのかは分からないけど、どちらにしても僕のことを大切に扱ってくれそうにはない。そもそも読んでもらえるかどうか。せっかく本として生まれてきたのに、僕はいい持ち主には出会えなかったようだ。これでは本屋の棚に眠っていた方がまだ希望がある。

父親が戻ってきて僕を返品してくれることを、僕は願った。

同室の入院患者が戻ってくると、意外にも銀河は会釈をした。看護師が食事を運んでくると、きちんと「ありがとうございます」。態度が悪いのは親に対してだけらしい。とはいえそれが、夜になってもケーキの空き箱の下に置かれっぱなしの僕にとってなんの慰めになるだろう。

翌日は昼過ぎに母親が見舞いにやってきた。

母親と銀河の関係は、僕が見たところ可もなく不可もなくという感じだった。母親はとくに説教をするでもなく、ベッドのまわりを片付けて帰っていった。それでも帰り際に、ちらりと振り返ってもの言いたげな視線を娘に送っていた。

銀河はその日もだいたいゲームをして過ごしていた。正直、楽しそうではなかった。眉間に皺《しわ》が寄っているし唇はずっとへの字で固まっている。

つまらないならやめればいいのに――そう思った僕は、しかし銀河の目の奥に痛みと悲しみが宿っているのを見つけた。これは逃避なのだ。何かから逃れるために、目をそらし、考えないようにするために、銀河はゲームに没頭している。没頭しようとしている。

――手術したらもう前みたいには走れないんでしょ。

昨日、銀河は父親に向かってそう叫んでいた。胸を押さえて苦しんでいたのは、心臓の病気なのだろうか。

　手術のために入院したが、銀河は手術を拒否している。走れなくなるから。何かの選手だったんだろうか？　しかし病気によって夢を無理矢理断ち切られた。気の毒に思ったが、僕にはどうしようもない。

　このときの僕は、彼女に対して冷ややかだった。彼女は僕にまったく興味を示さない、ゲームばかりしている。無理を言って親を困らせている子供。病気は気の毒ではあるけど、彼女自身の振る舞いも、褒められたものじゃない。

だから僕は、彼女が僕を手放してくれることを祈っていた。どうせ読まないんでしょ？　だったら他の人に譲っちゃってよ。同室の入院患者のおばさんは一人の時には文庫本をめくっていた。僕、あっちの家の子になりたい。

　その状況が百八十度変わったのは、その日の夜のことだった。

　夕食が終わって、少し経ってからだった。

「あ」

　ずっとスマートフォンでゲームをしていた銀河が声を上げた。

　銀河はスマートフォンをベッドの上に置いて、僕が載っているテーブルに手を伸ばした。けれどもちろん、僕を手にしたのではない。

「あれ？」

首を傾《かし》げ、今度はテーブルの下を覗《のぞ》く。

「どうしたの？」

同室のおばさんが銀河に声をかける。

「バッテリー切れそうなんだけど充電器が見当たらなくて……」

そう言いながら銀河はベッドの下を覗《のぞ》き込《こ》んだ。ない。それからゴミ箱を見る。テーブルから落ちてゴミ箱に入った可能性を考えたのだろう。しかしそれなら大きな音がしたはずで、銀河も見つかるとは思っていなかったようではあった。

「私のを使う？」

おばさんは親切に言ってくれたが、あいにくそれは古い携帯電話用で、銀河のスマートフォンでは使えないものだった。

「あらあらごめんなさいね。私、機械には疎くって。こういうの全部同じだと思ってたのよ」

「いえ」

おしゃべりに付き合わされては叶《かな》わないと思ったのか、銀河は素っ気なく言ってべッドに戻った。ゲームを再開。けれどほどなく、バッテリーは完全に切れてしまった。

はたして充電器はどこに行ったのか？　僕は知っている。一部始終を見ていた。

犯人は、昼間見舞いに来た銀河の母親だ。銀河が散らかしたゴミを片付けるついでに、ごく自然な動作で、充電器をバッグに入れて持ち去ったのである。ゲームばかりしている娘に思うところがあったのだろう。でも父親のように説教はせず、ゲームそのものをできないようにした。したたかである。

銀河はベッドに仰向けになり、天井を仰ぐ。それから窓の外を見る。ごろごろ寝返りを打つ。中途半端なあくびをする。

暇だ――そう顔に書いてあった。

退屈そうな顔に、今度は不安と悲しみの色が浮かんできた。

人間、暇になると余計なことを考えてしまうものである。現実逃避の手段を失ったことで、銀河は自分の病気のことを意識してしまったのだろう。顔をしかめ、頭を振り、スマートフォンの電源を入れようとする。入らないことは分かっているのに。

ただの板きれと化したスマートフォンをテーブルに置き、銀河は驚いたような顔をした。視線の先には僕――『ホテル・カロン』がある。今の今まで存在に気付いてもいなかったのだろうか。まさか、と思ったけれど、ここまでの様子を考えると十分にあり得る。

その銀河が、僕を、というか僕の入ったビニール袋を手に取る。乱雑な手付きでセロテープを剝がし、袋を逆さにするような感じで僕を取り出す。

表紙を眺め、

「ふうん」

銀河はたいして面白くもなさそうに鼻を鳴らした。

まあそうなるだろうな、と僕は思った。銀河はとても読書好きには見えなかったし、すぐに興味を失って、僕をテーブルの上に戻すのだろうと。

僕が願ったのは、ぶん投げられて角がへこんだりページが折れたりしませんように、ということだけだった。

けれども意外なことに、彼女は僕を手に持ったまま、ベッドに戻った。枕をクッション代わりにして壁に寄り掛かる。

死ぬほど暇だしゲームもできないし仕方ないから読んでやるか——彼女の顔にはそんな感情がありありと浮かんでいた。

その顔が、一ページ目を開いた瞬間、変わった。

「嫌い、嫌い、みんな嫌い――」

『ホテル・カロン』は、主人公である環の、そんな独白で始まる。

環は中学一年生。季節は冬。ぷりぷり怒りながら学校に向かっている。彼女は何に怒っているのか？　全てにだ。学校、教師、クラスの男子、その他の何もかも。ままならない世の中に憤りを覚えている。その中でも特に頭にくるのは両親のこと。父親は説教臭く、母親は無責任。夫婦仲は険悪なのに、一つだけ口を揃えて言うことがある「子供は黙ってなさい」。

三ページ近くにわたって、環の憤りが描写される。それを銀河は食い入るように読み、時折うなずく。環の気持ちが理解できる、いや、それは銀河にとっては自分のことが書いてあるのと同じだった。やりたいことは何もできない。年齢こそ違うものの、窮屈で退屈な人生を送っている同志のように感じたのだ。

ところがその同志は五ページ行かない内に死ぬ。凍結路でスリップした車にはねられて、酷《ひど》くあっさりと。

「嘘《うそ》ッ！」

読みながら銀河は声を上げた。

正直、それほど衝撃的な展開ではない、と僕は思う。冒頭で主人公が死ぬ話なんてありふれている。手垢《てあか》のついた定番の展開の一つだ。

けれどそう思うのは、様々な物語の類型を僕が知っているからだろう。日常的に本を読むタイプではない——下手をしたら教科書以外では「物語」にほとんど触れたことがないであろう銀河にとっては、「まず主人公が死ぬ」というのはルール破りどころではない、超衝撃の展開だったのだ。

さて、死んだ環は魂となって、あの世とこの世の境界へと流れ着く。目の前には舞台となるホテルが建っている。環は客と間違われて歓待される。人生の最期に一度だけ待ち受ける、それはものすごい饗応《きょうおう》だ。環はこれについて「竜宮城みたい」と感想を言っている。絵にも描けない何とやらだ。字にも書けない……わけじゃなくて、作者はちゃんと書いている。実際この場面は本当においしそうな描写が続くんだけど、長いので割愛。気になる人は本屋で僕のきょうだいを探して確かめて欲しい。

話を戻そう。

極楽気分を味わっていた環であるが、しかし翌朝、「案内係の手違い」が判明する。環は正規の客ではなかった。宿泊代金など払えない。無銭飲食は地獄行き——となるところを、支配人の温情で、働いて返すことになる。

「よかった」

と銀河はまた声に出した。環が地獄に行かずにすんで、心の底からほっとした様子だった。

かくして環はホテル・カロンで下働きを始める。朝早くに叩《たた》き起《お》こされて玄関前の掃除。旅立つお客様の見送り、昼は風呂掃除、夜は配膳。その他にも雑用を山のように命じられて、広いホテルを相棒兼お目付役の付喪神と一緒に、鼠《ねずみ》のように駆け回る。

ホテルの客は必ずしもいい人とは限らない。これについて作者は「馬鹿は死んでも治らないって言うじゃないか」と登場人物に言わせている。死んでも治らない馬鹿に環は腹を立てるが、しかし、生前のように黙ってはいない。何しろ死んでるんだから怖いものなしだ。おかしいものはおかしいと食ってかかる。問題を起こす。騒動があって、最終的にはお客さんの事情を知り、気持ちを理解していく。問題が解決したお客さんに感謝され、照れる。そうして環自身も変わっていく。

銀河は前のめりの姿勢で読書を続ける。完全にはまっていた。

看護師がやってきて消灯を告げた。それで一度は本を閉じ、横になった銀河であったが、しかし十分もしないうちにごそごそと起きだした。続きが気になって眠れないのだ。ベッド脇の灯《あか》りをつけようとして、同室の入院患者のことを思い出し、止める。

代わりに銀河はベッドから出ると、窓とカーテンの間に入った。ここなら外灯の光が入り込む。窓に寄り掛かって読書を再開。

作中で環が何かやらかすたび、銀河の表情もクルクル変わる。環がいじめられれば眉間に皺を寄せ、問題を解決すれば笑顔になり、おいしいものを食べれば喉を鳴らす。

ゲームをしていたときとはまるで別人のように目を輝かせる銀河を、僕は正面から見ていた。

ページを繰る指に必要以上の力が入っている。銀河は物語に没入し、心の底から楽しんでいる。聞こえてきた救急車の音もまったく耳に入っていない。

寒さも気にせず銀河はページをめくり続ける。時折漏らすため息に、僕は彼女の体温を感じた。

やがて物語はクライマックスを迎え、環がホテルから離れるときがやってきた。

銀河の手は震えていた。

相棒の付喪神が憎まれ口を叩《たた》く。環は笑顔でさよならを言おうとするが、できずに泣いてしまう。

ぽつ――小さな音がして、僕のページが濡れる。

銀河は泣いていた。彼女の心は今、病院のカーテンの裏ではなく、ホテル・カロンの玄関口にあった。滴る涙をぬぐおうともせず、銀河はページをめくり続ける。

やがて最後の一文を読み終えると、

「はぁー」

僕を胸に抱いて、とても深いため息をついた。

胸が高鳴っている。それは、彼女の魂の震え、感動の表れだった。

このときだ。僕が彼女に恋をしたのは。


翌朝、銀河は目を覚ますとすぐに病院のロビーへ降り、公衆電話から自宅にかけた。

左手には受話器、右手には僕をしっかりと握って、彼女は言った。

「お母さん、あたし、手術を受けることにしたから」

2

手術は二週間後と決まった。

本人はその日のうちにでも手術を受けるつもりでいたようで「そんなに待たされるの？」なんて言っていたが、いきなり言われても病院側にだって都合がある。

それでも銀河がその気になってくれたことで母親は喜んでいたし、医者も看護師も安堵《あんど》した様子だった。

手術のその日までに、検査の合間に銀河は僕を読み返した。初めてのときは先が知りたくて大急ぎで読み進めていたが、ストーリーを知った今は、一文一文をじっくりと、嚙《か》みしめるように読んでいく。初めて読んだときには気づかなかった伏線に感心し、初めてと同じところでやっぱり涙ぐむ。

読書中の銀河は本当に表情豊かで、見ていて飽きなかった。

「でもあれだけ嫌がってたのに、なんで急に気が変わったの？」

看護師のその問いに、銀河はこう答えた。

「子供っぽいわがままはもう辞めようと思って」

答えた銀河は僕をちらりと見た。彼女の心変わりの原因は僕だ。『ホテル・カロン』の物語が、彼女の荒《すさ》んでいた心をほぐしたのだ。

一人の人間に感動を与え、生きる糧になった——本である僕にとって、これ以上嬉《うれ》しいことはない。

手術の日、銀河は歩いて病室を出ていった。僕は病室に置いていかれたから、手術の様子は分からない。

手術は無事に成功。回復も順調で、一ヶ月ほどすると退院の許可が下りた。

退院は金曜日だった。病院の桜はすっかり散ってしまっていて、春の終わりを思わせた。それでも日差しは暖かで、銀河の再出発の日を祝福しているかのようだった。両親は揃って銀河を迎えに来た。このために仕事を休んだらしい父親の車に乗り込み、発進する直前、父親は銀河の手の中にある僕に気付いた。

「銀河、その本」

「あ、やっぱりお父さんの忘れ物だった？　勝手に読んじゃった」

「ああ。お父さんが昔よく読んでた作家の本だよ」

「え？　お父さんこういうの読んでたの？」

僕も意外に思った。ホテル・カロンはどこからどう見ても女性向けだ。

「その作家、元は少年向けでデビューしたんだ」

「へえ……」

「面白かったか？」

「うん」

銀河のその返事に、父親は厳《いか》めしい顔をちょっとほころばせた。

「じゃあ銀河にあげよう。退院祝いだ」

「えー。本なんかよりお寿司《すし》がいい」

本なんかとはなんだ。本なんかとは。僕は憤慨した。けれど、銀河が幸せそうに目を細めて僕の表紙を撫《な》でたので、まあいいか、と思った。ちょろい文庫本である。

こうして僕は彼女のものになったのだった。


銀河の部屋には本棚がなかった。勉強机の脇にはカラーボックスがあって、そこに何冊かの漫画と雑誌が突っ込まれていただけで、文章がメインの本は教科書以外見当たらない。予想したとおり、銀河は全然本を読まないタイプだった。

銀河は僕を漫画本の上に置こうとして、やっぱりやめ、ベッドヘッドの小さな棚に収めた。

週末を銀河は自宅療養して過ごした。

階段の上り下りではまだ息が上がるし、強く身体をひねったりすると手術跡が痛むようだったけれど、日常生活にはそれほど支障はない様子だ。

月曜の朝、銀河はずいぶんと早く目を覚ました。

ぴかぴかの制服に身を包んだ顔は、緊張に強《こわ》ばっている。

「うう」

鏡に顔を近づけて、ちょっと顔をゆがめたり。姿勢を正して深呼吸したり。

春休みから入院していたから今日が初登校なのだ。学校生活で重要な最初の数週間を病院のベッドの上で過ごしてしまったわけで。緊張しない方がどうかしてる。

がんばれ、銀河。行ってらっしゃい。

鞄《かばん》を持って部屋を出て行こうとする彼女に、僕は言葉をかけた。

するとその言葉に反応したかのように、銀河が立ち止まって振り返った。

まさか。聞こえるはずがない。これまでだって言葉をかけたことはある。けれど一度も反応なんてなかったし、僕の言葉は人間には聞こえないのだと決めつけていた。

それが突然聞こえるようになったのだとしたら……。

銀河。僕の声が聞こえたの？

近づいてくる銀河に僕は呼びかけた。

銀河が手を伸ばし、僕を手に取る。表紙をじっと見つめる。

もしそうなら返事をして。ほら、君が見ているその本、それが僕だよ。

銀河が表情をふっと緩めた。僕の声が聞こえたのだ！　……と思ったのは僕の一方的な勘違いだった。

銀河は僕に話しかけたりはせず、教科書の隙間にぐいっと押し込んだ。銀河が僕を手に取ったのは、僕の呼びかけとは一切関係なく、学校に持っていこうと考えたからだったのだ。通学中にでも読み返すつもりなのだろう。

部屋を出た銀河は階段をゆっくり降り、玄関に向かった。

「大丈夫？　気をつけてね」

病み上がりの娘を心配して、母親が声をかける。

「大丈夫。お守りも持ったから」

銀河がそう答え、僕は人間だったら首を傾げるような気分になった。彼女が登校の準備をするところはずっと見ていたけれど、お守りの類を鞄やポケットに入れてはいなかったはずだ。

しばらく考えて、分かった。僕のことだ。

銀河が僕をそんなふうに思ってくれたことに、僕は幸せを感じた。

駅までの道を銀河はゆっくりと歩いた。十五分ほどの道のりで、息が上がる。登校はできるが、まだ本調子とは言えない。

満員電車で三駅。学校最寄りの駅で降りると、ホームからも白亜の校舎が見えた。

同じ制服を着た少女たちに混じって、校内に入る。男子生徒の姿はまったく見かけない。学校名では分からなかったが、女子校らしい。

銀河の教室は二階にあった。

銀河が教室に入ったその瞬間、空気が変わった。静寂と戸惑い。

「誰？」

「転校生？」

「違うよ。初日から休んでた子じゃない？」

ひそひそ声。生徒たちは教室のあちこちに数人ずつ固まっている。銀河を意識してはいるのだが、話しかけてくる生徒はいない。

まあ顔も見たことない相手がクラスメイトだって言われてもなあ。

何事も最初が肝心、という。銀河はその肝心な部分を病気のせいでしくじってしまった。彼女が入院している間に、クラスメイトたちはそれぞれのグループを作り上げ、人間関係は銀河抜きで固定されてしまったのだ。出遅れた銀河を迎え入れてくれるグループはなかった。

華やかな女子校の教室で、銀河は浮いた存在になってしまっていた。本人のあずかり知らぬところで。本人の責任ではなしに。

この状況を銀河がどう思っているのかは、よく分からなかった。

彼女は授業が始まるまでずっと、頬杖《ほおづえ》をついて、好奇の視線を避けるように窓の外を眺めていた。

結局その日、銀河はクラスの誰とも言葉を交わさなかった。

放課後になり、銀河は教室を出る。

まっすぐ帰るのかと思いきや、彼女は校舎を出るとグラウンドの方へと向かった。

グラウンドでは各種の運動部が練習をしている。その中の、陸上部の方を銀河は見た。

「……」

同じ中学から来た知り合いでもいるのだろうか。そう思ったけれど、銀河は誰かに声をかけることもなく、距離を取って眺めているだけだ。

病院での彼女の言葉を思い出す――前みたいには走れないんでしょ。

これはあとで知ったことだけど、銀河は中学校では陸上部だったらしい。短距離が得意で、部内では一応エース……とは言っても銀河のいた中学校が特に強豪だったわけでもなく、大会で記録を残せるほど速いわけではない。まあ普通の選手だったようだ。しかし特別な才能がなくても、銀河は陸上競技が好きだったし、高校に入っても続けるつもりで、楽しみにしていた。冬の間も身体がなまらないように自主トレーニングを続けていて、そこで異変を覚えて検査をしたら心臓の病気が発覚した。

おらー、そこサボるなー。遠くから陸上部顧問の怒鳴る声がここまで届く。

鞄を持つ手に力がこもった。

銀河は奥歯を嚙みしめて、自分が失ってしまったもの、二度と手に入らないものの後ろ姿を見つめていた。

走れなくなった彼女は、走れるのに走らない生徒たちを見て何を思うのか。

僕は無力だった。

状況を改善する機会は、訪れなかった。

クラスメイトたちにはやはり、銀河の病気のことが頭にあったのだと思う。

体育は全て見学、いつもゆっくりと歩く銀河は、元は短距離選手だったとは想像もつかない病弱な少女で。気遣うつもりもあったのだろうけれど、周囲は彼女を遠巻きにして、壊れ物のように接した。銀河の方も自分から積極的に人の輪に入っていくタイプではなかった。そんな状況で友達などできるはずがない。

ほどなく銀河は教室で本を開くようになった。本といってもそれはこの僕のことなのだけれど。彼女は他の本を持っていなかった。本屋に行って別の本を買おうという気もなさそうだった。もう何度も読み返して、半ば覚えてしまった文章を、ことさらにゆっくりと、時間をかけて読む。

よくないなあ、と僕は思った。

僕は本であり、だから読まれることは僕の存在意義だ。何度も熱心に読み込んでくれる読者と出会えるのは、本当に幸せなことだ。

けれどそれは、ちゃんと「読んで」いるならば、の話だ。

銀河が今やっているのは読書ではない。ただの時間つぶしであり、現実逃避だ。そんなことに使われたって僕はちっとも嬉しくない。むしろ悲しくなってくる。本は人を豊かにするためにある。他人を拒絶するためのものじゃない。

ねえ銀河、たまには僕を閉じてクラスメイトに話しかけなよ。その方が君のためだよ。それが無理なら図書室に行ってみるとかさ。貸し出し手続きでもなんでもいい。君は同年代の子とふれあうべきだ。僕は行間からそんな念を送った。

説教臭いと言いたければ言え。僕は銀河のことが心配だったのだ。

でもこれまでそうだったように、僕の思いは銀河には届きはしない。

そうしているうちに六月も半ばを過ぎ、さらに悪いことが起こった。

「呼び出された理由は分かっているわね？」

放課後の職員室。担任教師は銀河を丸椅子に座らせると、目線の高さを揃えてそう言った。

「……成績、ですよね」

「そう。成績」

ちょっと前に中間テストが返却された。酷いものだった。各教科、銀河の下には数人もいないだろう。総合ではぶっちぎりのクラス最下位だ。

「何か問題がある？　勉強どころじゃない悩みがあるとか」

「いえ」

「じゃあ単純に勉強が嫌い？　やりたくない？」

「そういうわけでは、ないんだけど……」

これは嘘ではない。銀河は授業は真面目に聞いている。家に帰ればきちんと宿題にも取りかかる。だが、

「……分かんないんです。全然。先生たちが何言ってるのか」

入院している間に進んでしまった授業に追いつこうとしている間にも授業は進んで

いく。本人にやる気があっても、一旦遅れてしまったら中々追いつけるものではない。

「困ったわね」

担任は眉間に皺を寄せた。

「……あの、このままだと退学になったり、するんですか？」

「それはないわ、大丈夫。あなた、素行は悪くないから」

担任の答えに銀河は安堵するが、

「でも、もしいつまでもこんな有様《ありさま》だったら、留年はあり得るわね。気の早い話だと思う？　今からそれが心配になるほど酷い成績ってことよ」

続く言葉に青ざめる。

「何とかなりませんか？　あたし、ちゃんと勉強はしますから」

「勉強しててこの成績なんでしょ」

う、と銀河は言葉に詰まった。

「まあ、あなたの場合は病気のことがあるし、やる気がないとか私生活に問題があるとかじゃないから、何とかなる……かなあ？　放課後に補習？　私はいいけど他の先生方の都合が……。いや私も時間なんて全然ないんだけど。じゃあとりあえず宿題で、いやそもそも基礎がガッタガタなのよね。宿題出したところで独習なんて無理でしょこの子」

赤ペン片手にぶつぶつ言い始める担任。事実とはいえ容赦ないなこの人。

「あの、先生」

見かねた銀河が声をかけると、担任はハッと我に返った。

「ああ、ごめんごめん。とりあえず今日のところは帰ってよし。あなたの学習計画は追って何とかします。待っててね、すぐに素晴らしい秘策を思いつくから、多分」

ひとまずそんな感じで、その日は帰された。


数日して、銀河はまた呼び出しを受けた。

放課後に職員室に行くと、担任教師の席の前には、同じクラスの生徒がいた。銀河と同じように呼び出しを受けたのか、それとも授業の質問でもしに来たのか。それにしてはノートや教科書の類は持っていない。

銀河は先客の用事が済むまで、少し離れたところで待とうとしたが、

「ああ、来たわね」

担任はそう言って手招きし、生徒も銀河のために場所を空ける。

銀河は生徒に向けて疑問の目を向けた。

「あ……」

何か話しかけようとしたが、やめた。その生徒の名前を、銀河は覚えてなかったのではないだろうか。

休み時間には僕を読んでばかりで教室に目を向けなかった銀河と違って、僕はその子のことを知っていた。藤川睦月《ふじかわむつき》。クラス委員長でもある。身長は銀河と同じくらい。髪は長くて、左右に緩く編んだお下げを垂らしている。とにかく地味な印象だが、ハーフリムの黒縁眼鏡だけは小洒落《こじゃれ》ている。僕が書店で買われるのを待っていた頃、散々夢想した「文学少女」をそのまま実体化させたような、そんな少女だ。

担任が銀河に微笑《ほほえ》む。

「鹿島《かしま》さん」というのは銀河の名字だ。「あなたの勉強のことだけど」

「はい」

「藤川さんに頼むことにしたから」

「はい？」

銀河は身を乗り出すようにして聞き返した。

「あなたの成績は放置できない。けれど私は忙しい。他の先生方はもっと忙しい。一人だけのために補習をするような時間的余裕はない。だから代理。名案でしょ？」

「……と言われても」

「大丈夫よ。藤川さんは学年トップの秀才だし、教えるのも下手な教師よりずっと上手だから」

「でも……」

銀河は戸惑った。そりゃそうだ。

先生それ職務放棄じゃないの？　と僕も鞄の中から突っ込みたかった。

けれども担任教師は清々《すがすが》しい笑顔である。こんな名案思いつくなんて私天才！　とか思ってそう。いや、思ってそうじゃなくて思ってるに違いない。

銀河は戸惑いの視線を睦月に向ける。

「藤川さん……は、それでいいの？　そっちにはなんのメリットもないと思うけど。もし先生に無理矢理やらされてるんだったら……」

「こら、先生はそんな非道なことはしません」

担任が割り込んだ。

「藤川さんの方にもちゃんとメリットがあるのよ。ね？」

「は、はい」

話を振られ、睦月はおどおどした様子でうなずく。本当だろうか。クラス委員長で学年トップの睦月が、担任相手にポイント稼ぎのようなことをするメリットが僕には思いつかなかった。やっぱり強制されてるんじゃ……。

僕が思ったようなことを、銀河も思ったのだろう。目に猜疑《さいぎ》の色がくっきりと浮かんでいる。

「鹿島さん、あなたはえり好みしていられる状況じゃないんだからね？」

けれど担任の言葉で銀河は観念した。睦月の方に向き直り、

「じゃあ、迷惑かけるけど……」

おずおずと言う。

「こ、こちらこそ。ちゃんと教えられなかったらごめんなさい！」

生徒たちがぎこちなく目線を合わせると、担任教師は「いやあよかったよかった」と満面の笑みで、

「じゃあ、後はよろしくねー」

まったくもって無責任な感じで言ったのだった。

そんなわけでその日から早速、銀河と睦月の勉強会が始まった。

場所は校内の図書室。僕は少々気後れしていた。だって学校の図書室だよ？　歴史

的文豪の名作とか分厚い辞書とかがぎっしり並んでいる、そこは小さいとはいえ荘厳で神聖な知の殿堂だ。僕みたいな刊行一年未満の、そして多分そんなに売れてないエンタメ小説には敷居《しきい》が高い（誤用）空間だ。

当然ながら人間たちにはそんな感覚はない。睦月は当たり前のように図書室へと入り、銀河は……ちょっと緊張してるみたいだった。ただしこれは僕のような理由ではなく、ろくに話したこともないクラスメイトと二人っきりになってしまうからだろう。

そう、二人っきりだ。図書室のカウンターには図書委員と思《おぼ》しき上級生がいたが、二人が座ったのはカウンターからは死角になる書架の裏の席だった。

「えーっと、じゃあ早速だけど、苦手教科って何ですか？」

鞄を置いた銀河に、睦月がそう訊《たず》ねた。

「……全部」

「全部？」

「うん。全部」

「そう、全部……全部ですか……」

睦月は遠くを見た。いくら何でも予想外だったのだろう。ちゃんと説明しておいてよ担任、と僕は思った。

最初は数学だった。問題があって、解けるかどうかだから教えやすい、と思ったのだろう。

とりあえず今日の授業でやったのと同じ問題を銀河に解かせる――解けなかった。先週の内容――分かってなかった。

「す、数学は後にしよう」

英語の教科書を出す。

「この段落、訳してみて下さい」

「うん」

銀河はうなずきシャーペンを持った。が、

「…………………………」

十分以上固まったままだった。かろうじて書いたのが『それは、』。読点を入れてもたったの四文字である。

「え、英語も後にしよう」

けれど他も同じことだった。

一時間ほどかかって、物理も生物も日本史も世界史も、銀河の頭にはまるで入っちゃいないことが判明すると、睦月は眼鏡を外して長く息をついた。

「長い間入院してたのは知ってますけど……」

それだけでは説明がつかないほど酷いのだ。銀河の成績は。

「中学校でもそんなに勉強してなかった、ですよね？」

「…………うん」

銀河は叱られた子供みたいに小さくなって答えた。

「これはなんて言うか……想像以上に……」

「ごめん。やっぱりいいよ。迷惑でしょ」

「そんなことない！」

睦月は食い気味に答えた。その劇的な反応に銀河は目を丸くする。

「大丈夫だから、私がちゃんと、鹿島さんの成績をまともなレベルにしてあげるから！」

眼鏡をかけ直した睦月は身を乗り出し、銀河を正面から見つめてそう言った。本気の目だった。

「ちょっとびっくりしただけ。うん。ちゃんと対策を練れば大丈夫。私に任せて」

睦月はバタバタと教科書を片付けながら、

「とりあえず今日はここまでにしましょう。次は……ちょっと準備が必要なので来週の月曜、でいいですか？」

「う、うん」

睦月の剣幕に押されて銀河は戸惑いながらうなずくしかない。

翌週の月曜日、放課後に銀河が図書室に行くと、睦月は先に来て待っていた。鞄の中から取りだしたのは、自作のテストだった。

「今日はこれを解いてもらいます。中学校の教科書と、うちの学校の入試問題から作りました」

「これ、藤川さんが作ったの？　先生みたい……」

銀河は絶句する。僕も人間だったら絶句していただろう。一つの教科につきＡ４用紙で三枚から四枚、それが全教科分あるのだ。すごいを通り越してちょっと怖い。ろくに話したこともないクラスメイトのためにできることじゃない。何が彼女をここまでさせるのか。やっぱり担任に弱みでも握られてるんじゃ……。

「けどこんなにたくさん」

「あ、時間は無制限です。持って帰って家で解いてください。ズルしちゃダメですよ？　このテストは『何が解けないか』を見るためのものなので、サイコロ振って答えを決めるのもなしです」

　このテストに銀河は三日かかった。睦月の判定によると、銀河の学力は中学二年レベル。「その頃から部活中心になって、ほとんど勉強しなくなった」と銀河。受験は一夜漬けで突破したらしい。

　テスト結果を基にして、睦月は銀河のための学習計画を作った。

　放課後の勉強会は週に三日。睦月の熱意に銀河は真面目に応えた。けれどそれですぐに成績が上昇するほど、世の中は甘くはないのであった。

「本を読みましょう」

　ある日の勉強会。睦月は唐突にそんなことを言い出した。

「本？　国語の勉強？」

「それもありますけど。鹿島さん、勉強があまり好きじゃないですよね？」

「うん」

「なんで好きになれないんだと思います？」

「つまらないから」

　銀河の返事に睦月は満足そうにうなずく。

「なんでつまらないんだと思います？」

「え……意味が分からないから？」

「そう。そして意味が分からないのは、物語がないからですよ」

睦月は自信たっぷりに言い切った。銀河はさらに戸惑う。

「物語？」

「例えば数式なんて数字と記号が並んでるだけで無味乾燥じゃないですか。そんなのいくら見てたって面白くない。でも、例えばある数式——計算方法の発明によって何万人もの命が救われたって聞いたらどう思います？」

「何それ？　そんなことってあるの？」

「あります。鹿島さんも知ってると思いますよ。考えてみてください」

「え、嘘。わかんない」

睦月はにこにこしている。

「計算が命を救う……なにそれ…………」

銀河は一生懸命考えたが、結局降参した。

「答えはナイチンゲールです」

「看護師の？」

「はい。彼女は看護師であると同時に数学者で、というより数学の方が本業みたいな人なんです。クリミア戦争の際、兵士たちの死亡原因を調べ、衛生環境を改善すれば死者は減らせるということを『数字を使って誰にでも分かる形』で知らしめ病院改革を行ったんです。彼女の改革によって疫病による死亡率は四〇％から、なんと五％にまで落ちたんです。……すごいでしょう？　面白いでしょう？」

睦月はかなりの早口で語った。

その勢いに呑《の》まれるように、銀河はうなずく。

「こういう『物語』を知っていれば、数式はただの無味乾燥した数字と記号の羅列じゃなくなります。数学以外も全部そうです。科学の発見にも、歴史にも、そこにはみんな『物語』があるんです。『物語』を知っていれば、教科書の記述が全然違って見えてきますよ。まあ騙《だま》されたと思ってやってみてください」

睦月は図書室を巡って数冊の本を集めてきた。銀河に話す前から「これを読ませよう」と目星をつけていたのだろう。それを銀河が借りて持ち帰る。

「本当に効果あるのかな……」

半信半疑ながら銀河は、ともかく本を読み始める。

で——

「藤川さん！　この前のあれ、すごい面白かった！」

「でしょう。あれは私もお薦めの一冊なの。それで、あの中の三章にでてきたのが教科書の……」

「ああ、なるほどそれでこうなるんだ！」

——こうなった。

そんな調子で読書と勉強会を重ねていくうち、

「あ、すごい、これ分かる。ちゃんと覚えてる！」

銀河は、睦月が出す問題に答えられるようになった。

教科書にはたくさんの知識が載っている。けれど、どんな知識も突然この世に現れたわけではない。過去に生きた人間たちが悪戦苦闘して生み出したものだ。そうした背景を知ることで、知識はただの知識ではなく、別の意味を持ってくる。たとえるなら小説の主人公が編み出した逆転の秘策や、逆にピンチを招いた現象、事件解決の決め手、人生を変えた重要な出会い——「物語」の鍵は、読者に強い印象を与えていつまでも記憶に残る。そこに教科書の知識を結びつければ、それもまた強く覚えることができる。

なるほど、確かに睦月は教えるのがうまい。その点に関しては、あの担任教師は本当のことを言っていた。

だがしかし。

「……これって正直、効率はあんまりよくないよね」

「それは……まあ。でも急がば回れですよ」

「うう。がんばるしかないか」

銀河は着実に勉強を進めている。けれど授業に追いつくにはまだまだ遠かった。学期末までにはいくらか成績を上げたが、数学を始めいくつかの教科は赤点になってしまった。

「夏休みの間に追いつけますよ。いえ、追い越すことだってできますよ」

と睦月。こちらは銀河の勉強を見ながらでも余裕の学年トップ維持である。

「なんかむかつく。あんたの頭ってどうなってんの？」

銀河はそう言いながら、睦月の頭をぐらぐら揺すった。

「やーめーてーくーだーさーいー」

口ではやめてと言いながら、睦月はされるがままだ。二人とも笑っていた。一緒に勉強をするうちにいつの間にか、そういうふうにじゃれ合えるほど、二人は仲良くなっていたのだ。

夏休みに入ると、二人の中はますます親密になっていった。

銀河の補習のある日は学校で、ない日は街の図書館で二人は勉強会を続けた。そのうち勉強以外の用事でも二人で出かけるようになった。まあだいたいは本屋だ。それぞれ気に入った本を買って、読み終わったら交換して読んで、次に会ったときにあれこれ感想を言い合う。たまには映画にも行く。

「暑いねえ。それにしてもむっちゃんがアクション好きだとは意外だった」

この頃になると、二人は互いを名字では呼ばなくなっていた。銀河が睦月を呼ぶときは「睦月」だったり「むっちゃん」だったり「むー」だったり。そのときの気分によって違う。睦月が銀河を呼ぶときは「銀河」だ。こちらはいつでも変わらない。

「そう？」

「うん。だって小説だと小難しいのばっかり好きって言うし」

「小難しいって……。まあ、古い小説は文体とか固いしそう見えるのは分かるけど。私ね、アクションって火薬が命だと思うの。でも文字だと『爆発！』って感じが足りないじゃない？」

「ああ、分かる。大スクリーンで大音響でどかーん！　の迫力は小説にはないよね。そうだ、効果音付き小説ってあったら売れると思わない？　音はネットからダウンロードできるようにして。ついでにセリフも声つきで」

「ナレーションも入れちゃう?」

「いいねえ」

「それもう本じゃないよ。オーディオドラマだよ。読む必要ないよ」

「あれ?」

顔を見合わせて笑い合う、二人の少女。

自分勝手なことだけど、僕はちょっと拗《す》ねていた。

銀河はもっと生きた人間と話せ、同年代の友達を作れ——そんなふうに思っていたのに、いざそうなってみるとうれしさと同じかそれ以上に、嫉妬……認めたくないけどそうとしか呼べない感情が生まれた。

睦月と勉強会を始めてから、銀河の読書量は桁違いに増えた。けれど僕を開くことはなくなってしまった。相変わらず毎日持ち歩かれてはいるけれど。銀河は鞄の中に僕を入れていることを忘れているんじゃないか。このまま二度と開かれないんじゃないか。そんなことを何度も思った。

睦月と、睦月がもたらす新しい本たちに、僕は銀河を奪われたように感じていたのだ。

たいていの人は一度読んだ本を読み返すことすらないのに比べたら、購入半年でもう十回以上読み返されてる僕は恵まれている。にもかかわらずそんなことを思ってしまう僕はわがままなんだろうか。


夏休みが終わる直前、睦月が銀河の家に遊びに来ることになった。

その何日も前から銀河はテンション高めで、家の中には笑い声があふれていた。前日には部屋を念入りに掃除し、そして当日。

「ただいま」

「お邪魔します」

午後一時ちょっと過ぎ。駅まで睦月を迎えに行っていた銀河が、睦月と一緒に戻ってきた。鍵を閉める音、廊下をバタバタと歩く音が、銀河の部屋にいる僕に聞こえてくる。

「家の人は？」

「どっちも仕事。ここがあたしの部屋」

声とともにドアが開き、まず銀河が堂々と、続いて睦月が遠慮がちに入ってきた。

「はいこれ使って」銀河は睦月にクッションを放り投げ、「飲み物持ってくる」とすぐに部屋を出て行く。

残された睦月はやたら重そうなトートバッグを床に置き、銀河に渡されたクッションに座って部屋を眺める。ちょっと顔をしかめたのは、横向きに置かれたカラーボックスからあふれた本が、無造作に積まれていたからだろう。

そこに銀河が戻ってきた。両方の手にジュースのペットボトルとお菓子の袋を幾つも器用にぶら下げていた。来客なんだからコップで出そうよ……と僕は思ったけど、こういう雑なところは銀河らしくもある。

「ごめんね、散らかってて」

「本棚、入れた方がいいんじゃない？」

「あたしもそう思うんだけどさ、もうすぐ引っ越すから」

スナック菓子の袋をバリバリ開けながら、銀河は何でもないことのように言う。たちまち睦月は飛び上がった。

「引っ越し!?　もしかして転校しちゃうの!?」

この世界は今年いっぱいで終了です、と聞かされたような顔だった。対する銀河はきょとんとして、それから大声で笑う。

「しないしない。遠くに行くわけじゃなくて、家を建てるんだ。市内に。それで新しい家のあたしの部屋におっきい本棚を入れるつもりだから、今、このマンションの小さい部屋に合わせたやつを買っても無駄になるってわけ」

「ああ、なんだ。びっくりした……」

睦月はほうっと息をつく。

それを見た銀河は意地の悪い笑みを浮かべた。

「何？　むっちゃんってばあたしと離れたくないんだ？」

「うん」

「っ！」

「銀河？」

「いやあの、ストレートにうなずかれると何かこっちが恥ずかしいんだけど……」

からかうつもりが思わぬ反撃を受け、銀河は真っ赤になっていた。ごまかすようにペットボトルを手に取り、ジュースをがぶ飲みする。

そんな銀河の反応に当てられたのか、睦月の方も落ち着きをなくして、

「あ、そうだこれ！　頼まれてた本！　持ってきた！」

うわずった声でそう言いながらトートバッグから大量の文庫本を取り出すと、塔のように積み上げ始めた。タイトルにはやたらと漢字が多い。けれど難しい本ではない。

昔の中国を舞台にしたシリーズものの小説だ。著者は朝霧霞——そう、僕の母親とも言うべき作家が、まだ若い頃に著した、僕の姉とも言える作品である。

紙は少し焼けて黄色くなっていた。古い本だ。元々は睦月の姉が集めていたのを睦月がもらったらしい。

「わ、ありがとう！　重かったでしょ？」

「たいしたことないよ、このくらい」

照れ笑い。

「いやたいした重さでしょこれ。わざわざごめんね」

「本当にたいしたことないから」

いやいやたいしたことだから、全然たいしたことじゃないから……そんなやりとりが何往復もする。

「でも、本当にありがとね」

不意に真面目な声で、銀河は言った。まるで別れの挨拶のような雰囲気に「え？」と睦月は戸惑う。

銀河は借りた本を勉強机の上に移動させながら、

「勉強、教えてもらってさ。おかげで落第しなくても済みそうな感じになってきたし」

横目で睦月の様子をうかがう。

「銀河ががんばったからだよ」

「なんでここまでしてくれたの？　あたしたち、ろくに話したこともなかったじゃん。というか、あの頃ってあたし、睦月の名前すら覚えてなかったよ」

同じクラスにはいたけれど、二人は赤の他人だった。なのに睦月は、銀河の勉強を見てくれた。一学期だけではなく、夏休みの間もずっと。

「それは、……言わないと、ダメ？」

「ダメ」

睦月にもメリットがある、と担任教師は言っていた。だがそれが具体的になんなのか、睦月は説明したことはない。

「このままだとあたし、一方的に迷惑かけてるだけじゃん。教えてよ」

銀河は床に膝をつき、睦月へとにじり寄った。睦月が尻で後退《あとずさ》ると、逃がすまいと距離を詰めていく。

「ちょ、銀河、近い近い」

「何か理由があるんでしょ？　あたしだってお返ししたいし」

「……」

壁際に追い詰められ、とうとう睦月は観念した。

「私ね、文芸部が作りたいの。うちの学校、漫画部はあるのに文芸部はないから。それで先生に顧問をお願いしたら……」

「引き受けてもいいけど条件としてあたしの勉強見ろって言われた？」

「うん」

「睦月のお願いを人質にして言うこと聞かせてたのか。酷いなうちの担任」

銀河は呆《あき》れた。けれどその策略で一番の得をしたのは自分だと思い至ったようで、

「ごめん」

と改めて頭を下げた。

「なんで言ってくれなかったの？」

「プレッシャーになるかと思って。先生の出した条件は夏休み明けのテストで、全教科平均レベルを取ることだから。その、もしダメだったとき、銀河が『自分のせいで文芸部ができなかった』って責任感じたら嫌だなあと」

「それはないって。……あ、でも、最初に聞かされてたらどうかな。微妙だったかもってことは睦月の判断でよかったのかな？　ええいよくわかんない」

銀河は頭をブンブン振った。

「でもよく引き受けたね。あの頃あたし、近寄るなオーラ出しまくってたと思うけど……」

睦月は何故《なぜ》だかクスッと笑った。それから声を潜めて、

「実を言うとね、先生に呼び出される前から、銀河のことは気になってたの」

「へ？」

「あの子いつも本を読んでるなあ、何を読んでいるんだろう？　ページをめくる横顔が素敵だなあ、お友達になりたいなあって。ずっと見てたの。でも、私には自分から話しかける勇気なんてなかったから。先生がその機会を作ってくれたのはむしろ好機！　みたいな」

「そ、そうだったんだ……」

銀河は言われて初めて知ったようだけど、実を言うと僕は最初から気付いていた。銀河が初登校したその日から、睦月はずっと銀河を目で追っていた。陳腐な表現をするなら、それはまるで恋のようだった。

「でね……」

と睦月は真剣な、告白でもするかのように言った。

「……銀河が次のテストで平均以上をとったら、私の仕事は終わっちゃうわけだけど、

その後もずっと、友達で、いてくれる？」

「当たり前じゃない！　睦月はあたしの親友だよ！　きっと一生の友達！」

即答して、銀河は睦月に抱きついた。

「きゃっ！」と睦月が悲鳴を上げ、二人は一緒になって床に倒れる。その衝撃で、勉強机の文庫本が雪崩を起こした――二人の上に。

「キャー！」「わーっ！」

二人は頭をかばって盛大な悲鳴を上げた。

「……大丈夫？」

文庫本を払いのけて銀河が起き上がり、睦月に手を伸ばす。

「うん。ああ、びっくりした」

睦月が銀河の手を借りて起き上がる。

二人は手を繋《つな》いだまま見つめ合い、「うふふ」「あはは」と笑いあった。


二学期の初め、全校一斉に行われた学力テストで、銀河は無事に全教科平均以上の成績を達成した。

「まさか本当にやっちゃうとはねえ」

銀河と睦月が揃って職員室に行くと、担任教師は驚きの声を上げた。

「先生、約束ですから顧問になってくださいね」

「分かってるわよ。くっそ、失敗したなあ。仕事が増えちゃったよ」

そう言いながらも担任教師は晴れ晴れとした顔をしていた。

僕はふと考えた。この先生は実のところ銀河の成績なんてどうでもよかったのではないか？　クラスで浮いていた銀河と睦月を友達にすることこそが彼女の真の目的だったのではないだろうか？

実は優秀なのかも知れない教師は、「ああ面倒くさい面倒くさい」と言いながら、一本の鍵を睦月に渡した。

「はいこれ。部室の鍵ね。……ところで部員はどうするの？」

「はい、とりあえず一人は確保しました」

睦月は笑顔で隣を見た。

銀河も笑顔で睦月を見る。

あーあー、仲のよろしいことで。

言い出しっぺである睦月が部長、銀河が副部長に就任して、文芸部の活動が始まった。

3

部室として与えられたのは、最上階の隅っこにある教室だった。正確にはその半分。少子化によって生徒数が減り使われなくなった教室の真ん中に、後から壁を設置して二つに区切ってある。左右の壁には空のスチールラックが並び、どこから持ち込まれたのか職員室で使うような大きな事務用机が四台ほどあったが、二人きりで使うにはそれでも十分以上に広い。というかスペースが余っている。

「あれ？　本があるよ」

銀河の言うとおり、ラックには茶色くなった本が数冊、放置されていた。

「旧文芸部の遺品かな」

この学校には以前にも文芸部が存在したのである。何年か前に部員がいなくなって自然消滅状態になっていた。だから睦月と銀河は文芸部を作ったのではなく、活動を再開させたというのが、正確な表現になる。

睦月が本を手に取った。むわっと埃《ほこり》が舞い上がり、銀河が咳《せ》き込《こ》む。

新生文芸部を始動する前に、まずは掃除が必要みたいだ。

「で、具体的に何するの？　文芸部って」

取れない埃を睨《にら》み付《つ》けていた睦月は我に返って、

「え？　ごめん今、何て？」

「文芸部って何やるの？」

「えーっと、……文芸活動？」

「だからその内容を聞いてるんでしょ」

「それは、本を読んだり、本の内容について話したり……」

「今までどおりか」

「あとは……創作したり？」

「創作って、え、小説書いたりするってこと？」

銀河は目を丸くした。

「無理だって無理無理。そんなのあたし無理。日記も書いたことないんだから無理。読書感想文とかも嫌いだし」

銀河は顔をしかめて五回も「無理」と言った。読むのは好きでも書くとなるとまるで話が違う。

「あっ」と銀河が閃《ひらめ》いて、「まさか、睦月は何か書いてるの？」

「えっ!?」

「書いてるんでしょ。え、じゃあもしかして小説家になりたいとか思ってたり？」

「私なんかが小説家なんて絶対無理だよ無理」

目を泳がせながら無理が二回。でも睦月は「何か書いている」ことは否定しなかった。まあ否定したとしても今の態度でバレバレだけど。

「そんなことないって、睦月だったらなれるよきっと。読書量だってあたしよりずっと多いし」

「本を読んでいればなれるってものでもないんだけど……」

睦月は小声でそう言うが、銀河は全く聞いちゃいない。

「そうかー、作家かー。すごいなー。今からサインもらっておいた方がいいのかな」

銀河は自分のことのように浮かれる。

「銀河もためしに書いてみたら？」

「だから無理だって」

「やってみなきゃ分からないよ。案外、秘めた才能みたいなのあるかもしれないよ」

「ないないない。あったとしても面倒くさそうだし。だいたい書きたいことが別にないし。あたしは読む専門でいいの」

「うーん。銀河は結構書けそうな気がするんだけどなあ……」

「何を根拠に」

「何となく」

「つまり根拠ないんじゃん」

　銀河は笑った。


　部室の掃除だけで三日かかった。睦月が異様にこだわらなければ一日で終わっていた気もするけど。こだわった甲斐《かい》があって、新生文芸部の部室はどこもかしこもぴかぴかの新品同然に生まれ変わった。

「気持ちいいね」

「うん」

　銀河と睦月は自分たちの仕事に満足そうな表情だ。

「後でポットとかお菓子とか持ってきてさ」

「さすがにまずいよ学校だし。バレたら廃部になっちゃうよ」

バレなきゃいいんだよ！　むしろそのスリルがいいんだよ！　とはさすがに銀河も言わなかった。睦月の文芸部にかける情熱を知っているから、それを台無しにするようなことは最初からするつもりもない。軽い冗談だったのだろう。

銀河は鞄を机の上に置くと、キャスター付きの椅子に座ってクルクル回った。

「さてそんなわけで今日から文芸部が始動するわけですが、部長のむっちゃん、ご挨拶を」

「え？　えーっと、がんばりましょう」

「それだけ？　何かないのもっとこう所信演説的な。この私が部長になったあかつきにはー、全校生徒に読書を義務化してー、みたいな」

「それやったら嫌われるね」

「うん」

全くその通りだ。どんな楽しいことでも無理矢理やらされるとつまらなくなる。読みたいものを読みたいように読む。そして感じるままに感じる。それこそが読書なのである。

「あえて言えば……楽しい部活にしようね」

「そうだね」

そんなふうにして新生文芸部はスタートした。

といってもやることが変わったわけではない。これまで通り最近読んだ本の感想を話したり、とりとめもないおしゃべりをするだけだ。新刊発売日には部室に来ないで街の本屋へ行く。何もない日でも、途中までは一緒に帰る。

そうして二人でいるときには、二人ともよくしゃべる。笑顔で、楽しそうだ。

けれど教室では、二人はあまり話さなかった。あまり、というよりはまったくの方が近いか。授業が終わるまでは互いの席に行くこともなく一人で過ごすのだ。

他の人がいるところで本の話をすることを、二人は好まなかった。

それはきっと、二人にとって読書が特別なことだからだろう。読書を通じて生まれた繋がりを、二人だけの特別なものと感じているからだろう。

他の生徒たちには、銀河と睦月は友達も少なく、地味で、灰色の青春を送っているように見えたかもしれない。けれど二人の胸の中には、きらきらと輝く宝石のような物語と感動が、同じ思いを分かち合える喜びが、日に日に増えていくのだった。

文芸部が発足して間もない、ある日の夜のことだった。

「はあーっ」

自室のベッドの上で、銀河はうっとりとしたため息をつきながら本を閉じた。夏休みに睦月から借りた、朝霧霞の少女小説全十四巻を今まさに読破したところだ。

本を閉じても、銀河の心はまだ架空の世界に遊んでいた。胸躍らせる恋と冒険。その余韻にじっくりとひたる。長時間の読書に疲れた目を休ませ、高ぶっていた心が落ち着いたところで再び本を開いてあとがきを読む。

「……へえ」

と銀河は興味深そうな声を上げた。あとがきによると、朝霧先生がこの話を思いついたのは高校生の頃らしい。「それまで私は小説家になることなど考えたこともなく、なのにある日突然書き始めてしまった」。少年向けでデビューした頃の思い出話を少ししたあと、作者はこう記している。「次はあなたの番かもしれません」。

「……」

銀河の表情が変わった。胸中で何かがぐるぐると渦巻いている。

本を静かに閉じ、机に向かい、予備の、まだ何も書かれていないノートを拡げる。

芯を出したシャープペンシルの先を一行目に置き、

『昔々あるところに――』

「って日本昔話か！」

さらりと書き始めた一行に、銀河は猛烈な勢いで消しゴムをかけた。うん、その書き出しはない。

その後も何度か書いては消して、悩んで書いてまた消して。

「そもそもいきなり書こうとするのがダメじゃない？　だよね。うん。主人公の名前もないとか」

そう言うと今度は「主人公」と大きく書く。その下に名前、年齢、身長体重生い立ち……と項目を作って埋めていく。

どうも今度は設定を作ろうとしているらしい。名前が中華風なのは、今読んでいた本の影響だろう。主人公と相手役、敵、ライバル兼友人、そんな感じでプロフィールをずらずらと並べていく。だんだん楽しくなってきたのか銀河はふんふんと鼻歌を歌い始めた。

「キャラはこんなものね。それから世界観、っと」

その日から毎晩、銀河は自室でノートに向かうようになった。

毎夜の創作活動で寝不足になり、学校であくびをしては先生に怒られる。

夜更かしの理由——自分が小説にチャレンジしていることを、銀河はもちろん先生には言わなかったし、それどころか睦月にも秘密にしていた。「うまくできなかったら恥ずかしいから」だろう。

数日かけてそれなりに満足いく設定ができあがり、

「うん。これならいけそう」

満を持して、銀河は再び原稿執筆に挑んだ。

設定を詰めておいたおかげで今度は些細《ささい》なことに引っかからない。毎晩机に向かって、かなりの勢いでノートを埋めていく。

「あたしって才能あるんじゃない？」

多分、銀河は本気でそう思っていた。

ところが……。

「…………ナニコレ？」

ある晩机に向かった銀河は、自分の書いたものを読んでそう呟《つぶや》いた。別に記憶がなくなったわけではない。

ストーリーが行き詰まったので、これまでの展開をおさらいしようと思って頭から読み返したら、自分の文章の酷さを目の当たりにしてしまったのだ。いや、酷いのは文章だけではない。キャラクターは痛いしセリフは臭い。設定は大半が借り物――はっきり言ってしまえば朝霧先生の丸パクリで、そうじゃない部分は考証がまるでなってない。執筆中はハイになっているのでまったく気にならなかったそれらを、冷静な頭で読み返した銀河は恥ずかしさで顔を真っ赤にしてしまった。

「うあー、うあー、うぬほあああー」

銀河は机に突っ伏してうめいた。

それから突然がばっと飛び起きると、小説（のようなもの）を記したノートをゴミ箱に投げ込もうとして止め、机の引き出しにしまおうとして止め、

「いっそ燃やすか。いやでもどこで？ ううう……」

頭を抱えた銀河は部屋にあった服屋の紙袋にノートを突っ込み、ガムテープでぐるぐる巻きにして、タンスの一番下の、もう絶対着ることはない服の下に押し込んだ。

生まれたばかりの黒歴史を見えないところに封印して、銀河はふーっ、と息をつく。

「…………睦月に小説書いてるって言わなくてよかった…………こんなの誰かに知られたら死ぬ」

ごめん銀河。僕、全部見てた。

4

その日は睦月が朝から何だかそわそわしていた。

これは何かあるな、と僕はすぐに感づいたし、銀河も同じだったと思う。

放課後になると睦月は銀河に目で合図してから、先に教室を出て行った。

「何か面白い本でも見つけたのかな」

銀河は呟きながら、のんびりと睦月の後を追う。

銀河が部室へ到着すると、睦月は待ちきれなかったように部室に引っ張り込み、

「じゃじゃーん！　見て！」

鞄から一冊の文庫本を取り出したので僕は驚いた。

それはわがきょうだい、『ホテル・カロン』だった。思いがけない再会。久しぶり、元気だったか？　問いかけてもやっぱり、きょうだいは応えてくれなかった。

「え？　買ったの？　言ってくれれば貸したのに」

「そうかな？」

「どういう意味？　あたしそんなにケチじゃないよ」

銀河は頬を膨らませた。二人の間では本の貸し借りは日常的なことだ。貸し借りではなく交換することもあって、銀河の部屋にある本の何冊かは元は睦月が持っていた本だったりする——同じ数だけ、銀河が買った本が睦月のものになっている。睦月は文学少女らしく本の扱いはとても丁寧で、貸した本を汚される心配は全くない。

「でも、思い入れのある本なんでしょ？　いつも持ち歩くぐらい特別な」

「うん。まあ……」

僕は春先のことを思い出した。銀河が僕を持ち歩くようになった朝、彼女は「お守り」と言った。銀河がそういう思いを抱いていることを睦月は察していたのだろう。ただの本ならともかく、「お守り」は、人に貸したりするものじゃない。

「それよりね、これ、面白かったよ」

「でしょう！　誰が好き？」

「八雲《やくも》さんかなあ」

「睦月は面食いかあ」

銀河はからかうように言った。八雲というのはホテル内で営業しているバーのバーテンで、正体は仙狐《せんこ》である。

「顔だけじゃないよ。八雲さん行動がイケメンじゃない。あの包容力！」

「もふもふしてるしね」

「もふもふいいよね。私もコートの代わりに包んでもらいたい。銀河は？」

「あたしはやっぱり環。気持ちがよく分かるから」

「子供っぽくない？　私最初、ちょっとイラッとした」

「それは実際子供だし。でも最後にはちゃんと成長したじゃない」

「うん。最後の方では好きになった。生き返ったら幸せになって欲しい」

「ね」

うなずく銀河。

自分自身についてあれこれ語られて——というか褒め言葉を並べられて、僕はなんだか恥ずかしくなってきた。いや、書いたのは僕じゃないんだけど、僕と僕の内容は切っても切れないくらいに不可分なわけで。聞こえるところで批評されるのはけっこうな羞恥プレイだ。二人は僕が人間の言葉が分かるなんて思いもしないんだろうけど。

「細かい描写がいいよね。ホテルの雰囲気とか。ファンタジーなのにすごくリアル」

「そうそう。こんなホテルあったらいいなーって」

「泊まってみたい？」

「うん」

銀河は当然のように即答した。睦月はそれを待っていたかのようににやりと笑って、

「じゃあ行ってみない？」

「は？　ちょっと何言ってるのこれあの世のホテルだよ。実在しない」

と銀河は笑った。

「ふっふっふ。それが実在するの。『ホテル・カロン』……のモデルになったホテルだけど」

「本当に？」

「うん。これ」

と睦月は自分のスマートフォンを取り出して、銀河に見せた。

『星降るレイクリゾート　天河《てんかわ》ホテル』

サイトトップに表示された写真を見て、銀河は「あっ」と声を上げた。

『ホテル・カロン』がそこにあった。よくよく見れば全くの別物だけど、雰囲気はそっくりだった。モデルにしたのは明白過ぎるくらい明白。所在地は栃木の北の方。

銀河は借りたスマートフォンを操作して天河ホテルの他の写真も見る。

「あ、すごい本当にイメージどおり」

「ちょっと離れたところに古い温泉場があって、そっちは多分『冬の宿』のモデル」

「……似てるだけじゃなくて？」

「じゃなくて。ホテルの公式ツイッターが、小説の舞台になったって言ってる」

「じゃあ本当なんだ」

銀河は写真をじっと見つめた。作者がここを訪れて想像の翼を広げ、そして僕が生まれたのだと思うと、僕としても感慨深い。

「ね、行ってみようよ。二人で。聖地巡礼だよ」

銀河の心はだいぶ傾いてはいる様子だった。行ってみたい。行きたい。

「距離的には日帰りできなくもないけど、ホテルなんだから中を見たかったら一泊だよね……」

でも、お金がない。最近本を買い過ぎている。旅行する余裕なんてとてもとても……銀河の胸中が、僕には手に取るように分かった。

そして何より大きな問題。

「二人で行くのは無理かなあ」

銀河は胸に軽く手を当てて言った。

手術から半年近くが過ぎた。普通に暮らしている分には心臓を患ったとは分からないほどに回復している。とはいえ、まだ半年であるし、場所が場所だ。

「それは大丈夫」と睦月。「もし行くとしたら私のお姉ちゃんが付いてきてくれるから。看護師だよ。まだぺーぺーだけど」

それなら親を説得できるかもしれない。いやしかし。どうだろう。

「ね、行こうよ」

「うーん……」

逡巡《しゅんじゅん》。

けれど最終的には、「環が働いたホテルを見たい」という気持ちが勝ったようだ。

「……行くとしたら、いつ？　お母さんに話してみる」


その日、帰宅した銀河がまずやったことは自分の預金残高の確認だった。全然なかった。正直見る前から分かっていた。つい先日、ある作家のものすごく長いシリーズを一気買いするためになけなしの貯金をはたいたばかりだ。その本はというと、カラーボックスの脇に雑に積まれている。最初は次から次へと意外な展開が起きてワクワクしたものの、段々話に無理が出てきて、死んだはずのキャラが何の前振りもなく十人ぐらいまとめて復活したところで銀河はこう叫んだ。「金返せ！」

「ああもうなんでこんなの買っちゃったんだろう」

嘆いてみても買ってしまったものは仕方ない。読書家は外れを摑《つか》んで成長するのだ……なんて言っても何の慰めにもならない。

「いらない本は古本屋に持っていっても……どうせたいした金額にはならないか」

部屋をぐるりと見回すが、貯金箱もなければ当然へそくりもない。

「アルバイト……も学校にばれると面倒だしなあ。あー」

ベッドに倒れ込み、天井を仰いで嘆く銀河。

と、「ご飯よー」と呼ぶ母親の声が聞こえてきた。

「親に頼むしかない、か……。どの道、許可を取らなきゃ行けないいんだし」

銀河は起き上がると、緊張した面持ちで部屋を出ていく。

さてどうなることか。

銀河が親の説得に成功することを、僕は祈った。銀河のためでもあるし、僕としてもモデルになったホテルはぜひ見てみたい。

はたして一時間後——

銀河は上気した顔で部屋に戻ってきた。スマートフォンを手に取りものすごい速度でフリックフリック。睦月へのメッセージを送信する。

『レッツ聖地巡礼！』

この晩、銀河は久しぶりに僕を読み返した――読み返そうとしたんだけど、旅行のことを思ってにやにやしてばかりで、ページをめくる手は全然動かず、寝るまでに三十ページも進まなかった。

それでも僕は、久しぶりに開いてもらって幸せだった。

睦月と旅行に行くために両親が銀河に出した条件は二つ。ひとつは中間テストで好成績を取ること。もうひとつは「無事に帰ってくること」だった。

「一泊二日の温泉旅行で大げさ」

と銀河は呆れたが、僕としてはご両親の気持ちを支持したい。高校生ともなればもう子供ではない――けれども大人だと言い切るにはまだ無理がある。たった一泊二日でも心配なものは心配なのだ。

病気のことを考えれば、許さない方が普通ではあるのだろう。けれども両親が旅行を許可したのは、やはり病気のことがあったからではないかと思う。

陸上という一番の楽しみを奪われて荒れていた銀河が、読書という趣味に出会い、こんなにも元気になった。ここで心配だからとあれこれ禁止してまた荒れるよりは、明るく前向きに毎日を過ごして欲しいと、両親は思ったのではないだろうか。

テストの結果は上々で、十月中旬、連休初日の早朝に、銀河は旅支度を整えて家を出た。僕は銀河が背負ったリュックの中だ。隣に詰め込まれたお菓子の紙箱ががさごそ音を立てる。荷物が揺れるのは、銀河がそれだけ浮かれて早足だからである。転ばなきゃいいけど。

最寄り駅から始発電車に乗り込むと、

「銀河！　こっち！」

ちょうど同じ車両に睦月が乗っていて、銀河に向かって手を振る。

睦月の隣には、眼鏡をかけていること以外は睦月にあまり似ていない若い女性が座っていた。はしゃぐ銀河と睦月をにこにこ見守っている。

「……お姉さんですか？　あたし、睦月の友達の鹿島銀河です。今日は付き合わせちゃってすみません」

「睦月の姉の萌生《もえ》です。気にしないでいいよ。こっちもちょうど温泉行きたかったけど、一人で行くのもなんだかなあって思ってたところだから、ちょうどよかった」

「なんだそうだったんですかー」

と銀河は無邪気にうなずいていたが、これはきっと、妹とその友人に余計な気を遣わせないための方便だろう。

三人は電車でひとまず都心に向かい、そこで高速バスに乗り換えた。『ホテル・カロン』のモデルになった天河ホテル——の近くにある温泉街まで、直通のバスが出ているのだ。夏も終わり、秋の観光シーズンが始まるにはまだ間があるこの時期、バスには空席が目立っていた。

「本当はもっと遅い方がね、紅葉がきれいなんだけど……」

「いいじゃんその分安いんだし。……まあ、それでもしばらくは貧乏生活しなきゃだけど」

そう言って銀河は肩を落とした。銀河の両親は旅行に行くことは同意してくれたけど、旅費をくれたりはしなかった。なので小遣いの前借りである。

「銀河、元気出して。お菓子食べる？」

「食べる！」

と言って銀河は睦月に向けて口を開けた。「あーん」である。

「今日の銀河、テンション高いね……」

ご学友はちょっと引いていた。それでもちゃんと食べさせてあげるのが、睦月の優しさである。

天気は上々。バスは快調。温泉街には昼前に到着した。

「とりあえずこの辺見て回って、夕方になったらホテル、でいいよね？」

「その前に何か食べよ」

「バスの中であれだけ食べたのに」

苦笑する睦月。

バス乗り場の周囲には土産物屋と食堂がぐるりと取り囲んでいる。うどん、そば、饅頭《まんじゆう》に団子……温泉場らしいラインナップだ。

「あ、肉まんおいしそう」

「ご飯食べるんでしょ？　銀河はおやつ食べすぎだし、お昼は軽いものにしようね」

「睦月、お母さんみたい」

誰のせいだか。

キョロキョロと目移りする銀河を引っ張るようにして、睦月は蕎麦《そば》屋に入った。

銀河と萌生は天ぷら蕎麦を頼み、睦月は——猪《いのしし》蕎麦を頼んだ。

「マジで？」

「せっかくだから地元じゃ食べられないもの食べたいじゃない？」

「それにしたって猪って……勇者過ぎる」

「大げさだよ」

さて、そのお味については僕には分からない。

そういえば僕に味覚はあるんだろうか？　視覚聴覚触覚と一通り揃ってるから味覚もあって不思議じゃない。ここは一つ挑戦してみるべきか。いや、食べ物がついたら汚れてしまうので、やっぱりいいや。

昼食を終えると、銀河たちは温泉街の散策を始めた。バス乗り場から少し離れると道路はコンクリート舗装の下り坂になり、その先に細い水路が流れていた。

「わあ」

睦月が華やいだ声を上げた。

石垣のような水路の左右に、古い木造の温泉宿が軒を並べている。水路の方まで行くと舗装は石畳になり、古い建物と相まって、タイムスリップしたような気分が味わえる。道行く観光客はお年寄りが多くて、次が小さな子供のいる家族連れ。それから外国人のグループ。銀河たちのような高校生は、見たところ他に一組もいなかった。まあオフシーズンに温泉場に来る高校生なんてそうそういるものでもない。

「雰囲気あって素敵」

「あんたたちそこ並んで。写真撮ったげる」

萌生に言われて、銀河と睦月はひなびた温泉宿を背景にポーズを決めた。かわいい。

温泉場だけど、いかにもな感じの硫黄の臭いはしなかった。かわりに漂っているのは古い木の香り。なぜだか懐かしさを感じさせる、甘い餡《あん》の匂い。さっきお昼を食べたばかりだというのに、銀河は饅頭を買った。睦月と半分こして食べ歩き。

石垣にはところどころ、下りられるように階段がついていた。水路に平行した散策路が整えられている。下りていくと、澄んだ水の中に小さな赤い金魚が泳いでいる。どれも丸々と太っているのは、観光客がちぎった饅頭の皮を投げ込むせいだろう。

水路の途中、橋の下に小さな祠《ほこら》があった。

「あれ、環がいじけてた祠じゃない?」

と睦月が言う。『ホテル・カロン』の中にそういう場面があるのだ。主人公の環が仕事でミスをして叱られ、ホテルを飛び出して橋の下で膝を抱えて泣く。そこに股旅の蛙《かえる》が通りがかって、雨宿りをしながら環の話を聞き、こんなことを告げる。

『取り返しの付かないことなんてそうそうないってことでさあ。うずくまって不幸に酔ったりしていなければ、ですがね』

「……私、あの場面好き」

「あたしも」

睦月の言葉に銀河はうなずいた。ここは環の気持ちが大きく変わる場面だ。蛙のメッセージは物語の終盤でも再びクローズアップされる。手術を嫌がっていた銀河の心境の変化に、大きく影響したであろうことは間違いない。

同じ場面に感動したのだと思って、銀河は嬉しくなったのだろう。けれど、

「蛙さんがいいよねえ。『……お嬢さん、前を向いて進みなせえ。あっしのようになっちゃいけねえ』。んー、渋いっ！」

睦月のそれはほぼキャラ萌《も》えで、銀河は苦笑いするしかないのであった。


温泉街の散策の後、ちょっと足湯に浸《つ》かって休んでから、銀河たちはホテルに向かうことにした。バス乗り場の近くにある観光マップで経路を確認。

「あ、バス、さっき出たばかりだ。次は一時後」

「そんなに遠くないね。待ってるより歩いた方が早そう。バス代も節約できるし」

銀河はそう言ったのだけど、これには萌生が反対した。

「距離はともかく坂がきついわよ。銀河ちゃん、激しい運動はアウトなんでしょ」

確かに、見上げる山はけっこうな高さがある。

「タクシーで行きましょ。お金は私が出すから」

「そこまでしてもらうのは……」

「いいのいいの。私としても一時間も待ちたくないし。歩くのなんてまっぴらだし」

萌生はそう言うと、客待ちをしていたタクシーに話しかけ、さっさと乗り込んでしまった。

こうまでされては遠慮し続けるのも無理がある。銀河は睦月と一緒にタクシーの後部座席に乗り込んだ。

タクシーが走り出す。最初は申し訳なさそうに座っていた銀河だったが、山を登っていくうち、その表情が変わった。ホテルへの道路は予想以上に傾斜がきつく、健康な人でも途中で息が上がりそうなほどだったのだ。

「だから言ったでしょ」

と萌生がウインクする。なかなか頼れる保護者ぶりだ。

つづら折りの急坂を、タクシーはゆっくりと登っていく。

「ジェットコースターみたい」

「どこが？」

睦月の呟きに銀河が首を傾げた。

「出発地点にこう、ごとごと登っていく感じ」

「じゃあ天辺《てっぺん》に着いたら急降下だ」

「それはやだなあ」

何度目かの急カーブを回ったとき、それは、不意に現れた。

切り開かれた森の中、ささやかな駐車場と前庭があり、その奥に、明治の雰囲気を漂わせる古びた洋館が佇《たたず》んでいた。

「あれが天河ホテル？」

「だね。すごい。イメージそのままんまだ」

『ホテル・カロン』のモデルとなった場所に、僕たちはたどり着いたのだった。


植え込みを回り込んで玄関へ。『ホテル・カロン』は観音開きだけど、天河ホテルは自動ドアだった。低い音を立ててドアが開くと、天井の高いロビー。左手に飴色《あめいろ》のフロントがあって、白髪のホテルマンが柔和に微笑んでいた。

「いらっしゃいませ。ご宿泊でございますか？」

「はい。予約した藤川です」

萌生が代表して答える。

「藤川様ですね。承っております。三名様でご一泊。こちらの宿泊カードにご記入をお願いいたします」

萌生がペンを取ってカードに記入を始める。

銀河はほけーっと、赤い柱に支えられた格天井《ごうてんじょう》を見上げていたけど、突然我に返ってこう訊ねた。

「すみません。ここって、『ホテル・カロン』のモデルになったところですよね？朝霧霞先生の」

「さようでございます」ホテルマンは笑みを崩さず答え、「お客様は朝霧先生のファンでいらっしゃいますか」

「あ、はい。そんな感じです。ホテル・カロンに感動して、それでモデルになった場所に泊まってみようって思って」

「それはそれは」

孫を見るような微笑ましい目だった。

萌生が記入を終えたカードを示す。ホテルマンはうなずいて、館内設備の説明を始めた。三階建ての建物の、二階以上が客室。一階には食堂と大浴場、それからバーがある。

「バーは未成年の方でもご利用いただけます。ただしアルコールのご提供はいたしかねますが。お客様方のお部屋は二〇七号室。二階の一番奥でございます」

エレベーターもあったけど、三人は階段で二階に上がった。手すりもフロントと同じく使い込まれ、鈍い光沢を放っていた。足元は緋色《ひいろ》の絨毯《じゆうたん》。踊り場には水槽が置いてあって、水草と紅白の金魚がたゆたっていた。

そう言えば温泉街の水路にも金魚がいた。名産地なんだろうか。

二階の廊下にはぼんぼりのような照明が並んでいた。か細い光は隅々まで照らすには不十分で、けれど不気味な感じはまったくしない。優しく柔らかな薄暗さに満ちている。歩くとわずかに軋《きし》む。年代物の建物だ。

客室は畳敷きだった。荷物を下ろして靴を脱ぐと銀河は、

「はぁ～。畳～」

と嬉しそうに転げ回り、

「あ痛」

テーブルの脚に頭をぶつけた。

「子供だ。子供がいる」

睦月が笑いながら言った。

「朝霧先生も泊まったことあるって言ってたね。この部屋だったりして」

「それはないでしょ。ここ一番安い部屋だし。作家さんは最上階のスイートよ」

「あー。そうか」

作家がお金持ちとは限らないわけだけど。まあどうでもいいことか。

「ご飯までちょっと時間あるけど、どうする？　館内見学する？」

「宿に着いたらまずお風呂でしょ。ひとっ風呂浴びてからビールと地酒！　私はそのために来たんだからこれは譲れないわね」

睦月の問いに萌生がそう答えた。

銀河も睦月も同意して、三人はかしましくおしゃべりしながら温泉へと向かった。

僕は部屋で留守番である。さすがの銀河も入浴時まで本を持ち歩こうとはしない。

ちなみに僕は風呂が嫌いだ。理由は単純、湿気《しけ》るから。

世の中には入浴しながら読書した挙げ句寝落ちして本を湯船に落としてしまう人もいるというから恐ろしい。水没してデロデロになるのは、本の死に方としては最悪の次くらいに酷いものだ。銀河がお風呂で読書する習慣の持ち主でなくてよかった。

三十分もすれば戻ってくるかな、と僕は普段の銀河の入浴時間から推測したんだけど、三人はなかなか戻ってこなかった。風呂上がりにそのまま食堂に行ったのか、それとも館内の探検でもしているのか。

ホテルの部屋で、僕はひとり物思いにふけった。

この旅行を銀河は多いに楽しんでいる。銀河が楽しそうなのは僕としても嬉しい。とても嬉しい。

けれどそこにはやはり、一抹の寂しさがあった。

――僕はどうして人間ではないのだろう。

僕はこうして考えることはできても、それを誰かに伝えることはできない。彼女の手を取ることも。旅行の手配も。何もできない。

そうだ。僕は、僕が銀河を旅行に連れて来たかったのだ。銀河の手を取り、代わりに荷物を運び、同じ本について語らい、一緒に食事をしたかったのだ。

僕はしょせん一冊の本だ。それでいて、「ただの本」ではない。

彼女のそばにいることはできても、彼女に振り向いてはもらえない。ただの本ではない僕という存在に気付いてもらうことはできない。僕の彼女への思いは永遠の一方通行なのだ。神様はなんと残酷なことをしてくれたんだろう。

銀河たちが戻ってきたのは、二時間以上してからだった。

様子がおかしい。萌生がぐったりしていて、銀河と睦月に両脇を支えられながら部屋に入ってくる。

「大丈夫？　部屋着いたよ」

「うん。ありがとう」

苦しそうな声で言って、萌生は布団——三人がいない間にホテルの人が敷いていったー——に横たわり、

「ううう……気持ち悪い……」

青白い顔でうめく。

病気にでもなったのかと思って僕は焦ったが、

「だから言ったのに」

と睦月は呆れた様子で、あまり心配している風ではない。

「だって気になるじゃない。どんな味なんだろう？　って」

「だからって全種類制覇することないでしょう。好奇心はお姉ちゃんを殺す」

「ううう……死んでないもん。ちょっと飲み過ぎただけだもん……うえっぷ」

吐き出す息が酒臭い。僕がさっき予想したように、温泉を出て、そのまま食事に行ったのだろう。そこでメニューに珍しい地酒か何かがたくさんあって、飲んべえの萌生は片っ端から注文した——で、こうなった。

「お水飲む？」

「飲みたいけどお腹《なか》苦しい……」

ダメだこりゃ。飲み過ぎだけじゃなく食い過ぎでもあるらしい。

まあ旅行が中止になるような急病じゃなくてよかったけど。

萌生の様子を気遣いながら、銀河は窓辺に寄り、カーテンの隙間から外を見た。

「銀河」

その背中に、睦月が呼びかける。

「晴れてる？」

「うん。いい感じ」

「行ってきたら？」

「でも……」

「遠慮しないで。お姉ちゃんは自業自得だから。明日には帰っちゃうんだし。一番見たかったもの、見ないで帰ったら絶対後悔するよ」

「……うん。じゃあちょっと行ってくる」

銀河はうなずくと上着を羽織り、ポケットに僕を入れた。

ホテルを出た銀河は建物に沿って裏手に回った。鬱蒼《うっそう》とした森を前にして竦《すく》んだように立ち止まり、けれど家から持ってきた懐中電灯を点《つ》けて小径《こみち》に踏み込む。

日中なら爽やかな森林浴が楽しめる小径なのだろう。けれど今の時間はひたすらに不気味だ。ウッドチップを踏む微かな音だけが闇の中に響く。

目的地は遠くはなかった。ほんの百メートルかそこら。

唐突に森が途切れる。

宇宙が広がっていた。

「うわぁ………」

呟いたきり、銀河は森の出口に立ちつくす。

見上げれば満天の輝き。下を見ても、やはり無限の綺羅星《きらぼし》。

風の音と、ほんのわずかに水の音。

湖だ。鏡のような湖面に天の河が映り込んでいるのだ。

そうと分かってみても、ここが地上だとはにわかには信じられない光景だった。

僕は即座に、『ホテル・カロン』の一場面を思い出した。

主人公の環が、こんなふうな星の海を見上げる。一人ではない。ホテルに客としてやってきた男の子が一緒だ。環はその少年に恋をしている。初恋だ。けれどその恋は実らない。ホテル・カロンの客は逝くことが定められた死者だから、生き返ることはできない。手違いで迷い込んだ、やがて現世に戻る環とは一緒になれない。

『生き返りたいとか思わないの？　人生まだまだこれからだったのに』

『僕はやるべきことをやったんだ。おかげで早死にしたのかもしれないけど、後悔はない。人生で何より恐れることは、何一つ成し遂げられずに終わることだ。何者にもなれないままで終わることだ』

星空のデート一度だけで二人は別れ、環は自分の人生に向き合う決意を——現世に戻る決意を固める。『ホテル・カロン』の中でも最も切なく美しい、銀河が一番好きな場面だ。

僕たちはしばらくの間、言葉もなく幻想のような煌《きら》めきを見つめていた。

「……きれい」

密《ひそ》やかな、呟き。

銀河は湖畔の砂浜を歩き出した。間違って水の中に入ってしまわないよう、足元を懐中電灯で照らしながら進んでいく。行く手に木の桟橋が見えた。そんなものがあれば上がってみたくなるのが人情だ。銀河はいたずらっぽい笑みを浮かべると（暗くて見えなかったけど絶対浮かべてた）勢いをつけて砂を蹴り、桟橋に飛び上がった。ドン、と夜を破る音がした。

途端、

「あああっ！」

闇の中から悲鳴が轟《とどろ》いた。

「ひゃあああっ！」

その声に銀河も驚いて悲鳴を上げ、飛び上がった拍子に桟橋から足を踏み外して砂浜に転げ落ちた。下敷きにされた僕はポケットの中で嫌な感じに曲がった。これは背表紙にヒビが入ったかも。

湖畔が砂浜だったのは幸いだった。銀河は「痛ぁ」と呟いたけれど、声に深刻な感じは全くない。

一方闇の中は大騒ぎだった。ドタバタガタンと騒々しい音と一緒に「あっ！　わっ！　クソッ！」と焦った短い悲鳴が続く。

突然、パッと強い光が生まれた。それでようやく状況が分かった。

桟橋に先客がいたのだ。

若い男、というか銀河と同じくらいの歳《とし》の少年だ。右手に懐中電灯、左手に天体望遠鏡を抱えている。

少年の懐中電灯に直射されて、銀河は眩《まぶ》しさに目を細めた。

「ひえっ！、幽霊！」

少年が悲鳴を上げ、

「そんなわけないでしょ！」

銀河は不機嫌そうに返した。

「眩しいんだけど」

「あ、悪い。なんだ人間か。驚かすなよなまったく……」

言って、少年は懐中電灯の向きを変えた。

銀河はハッと身をすくめた。

夜の森で見知らぬ男と二人きり……非常に危険なシチュエーションだ。叫んでもホテルまでは聞こえないし、助けを呼ぼうにも銀河はスマートフォンを部屋に置いてきてしまった。身の危険を覚えない方がおかしい。

「……」

銀河は息を殺して手を伸ばし、落とした懐中電灯をたぐり寄せる。その手が細かく震えていた。

けれど少年の方は銀河にはまったく興味を示さず、望遠鏡を覗き込む。

「ああ、くそっ。やっぱり狂ってる。まあ水没しなかっただけマシか……」

ぼやきながら手を動かすのは、多分、調整をしているのだろう。

調整とチェックを何度か繰り返しながら、少年はちらりと銀河を見た。

「まだいたの？　もしかして迷子？」

邪魔だ帰れと言わんばかりの口調である。

「違う」

「じゃあ自殺志願」

「そんなわけないでしょ」

「なら何なのさ？」

問われて銀河は言葉に詰まった。聖地巡礼——言葉にすればたった四文字である。

好きな小説の舞台（のモデル）になった場所をこの目で見に来た。

けれど銀河は素直に答えることができなかった。行動としては割とありふれたものではあるが、そこに込められた思いは個人的なものだ。赤の他人に軽く話せるものじゃない。

「……そういうあんたは何してるの」

「迷子なんだ」

「ふざけないで」

少年は肩をすくめた。

「見て分かんない？　天体観測だよ」

こいつ感じ悪いな、と僕は思った。もっとも少年からすれば、銀河と僕の方が勝手に人のテリトリーに入ってきた礼儀知らずなのだろうけれど。

こんな奴ほっといて帰りたいと僕は思ったけど、銀河はこいつに興味を持ったらしい。望遠鏡のハンドルを操作する少年にじっと見入っていた。

銀河の視線に少年が気付く。

「なんだよ？　迷子じゃないなら一人で帰れるだろ」

「それで星が見えるの？」

「肉眼よりずっとよく見える。誰かさんが邪魔しなければだけど」

「邪魔するつもりはなかったんだけど」

「いいよもう」

少年はつっけんどんに言った。

それから調整作業に戻ろうとして、ふと気がついたようにこう訊ねた。

「……もしかして、見たいのか？」

「すごい！　すごいすごいすごい！　なにこれすごい！」

望遠鏡のアイピースに目を押しつけたまま、銀河が語彙貧弱な歓声を上げた。

「目で見るのと全然違う。星ってこんなにたくさんあったんだ……」

しばらく望遠鏡を覗き込んだあと、銀河はうっとりとため息を漏らした。

ここまで激賞されると悪い気はしないのだろう、最初は銀河に興味がない、という
より邪魔そうにしていた少年は頰をかいて笑った。

「お前、どこから来たんだ？」

「東京。そっちは？」

「俺は旅行じゃない。ここが地元。家族旅行？」

「ううん。友達と」

「変わってるな。こんなジジババしか来ない温泉街に来なくたって、東京には遊ぶと
ころがいっぱいあるだろ」

「別に温泉に入りにきたわけじゃないから」

「じゃあ何で？　温泉以外にはそれこそ何もないぞこの町」

「この星空があるじゃない」

銀河がそう言うと少年は目を丸くし、それから大声で笑った。

「なんで笑うの⁉」

「悪い。でもそんな臭いこと真顔で言う奴初めて見た」

「……臭いかな？」

「ああ。臭い。ドラマみたい」

「むう」

銀河は頰を膨らませた。

銀河には悪いけど、僕もちょっと笑いそうになった。

「で、こんな星空しかないような田舎に何しに？」

また訊《き》かれて、今度は銀河は少し考えてから、

「部活……みたいな？」

と答えた。

「みたいって何だよ」少年は首を傾げる。「合宿？　でもこの辺に何かの競技場とかあったっけ？　ないよなあ」

「スポーツじゃないの。文芸部」

少年はさらに首を傾げる。銀河は説明を試みる。

「そこに天河ホテルってあるでしょ？」

「あるな。泊まったことないけど」

「そりゃ地元の人がホテルに泊まる意味ないし」

「あ、分かった。缶詰だろ？　原稿終わるまで帰れませんって奴。なんかのドラマで見た」

「違う。高校の部活でそんな締め切りないし」

「じゃあ何だよ」

「天河ホテルが小説の舞台になってるの。朝霧霞って人の『ホテル・カロン』って小説なんだけど」

「知らん」

　即答だったので僕は傷ついた。そりゃ映画になるとか文学賞を取るとかしたような有名な小説じゃないけどさ。地元の人間にこんな反応されるのは悲しい。

　銀河も残念そうな顔をして、それで少年は焦ったのだろう。こんなことを言う。

「悪い。俺、本とか全然読まないから。面白いの？」

「うん。すっごく。泣ける」

「感動系かあ」

と少年は微妙な顔。本当に本を全然読まないのだろう。興味のなさを隠そうともしない。

「俺ああいうの好きじゃないんだよな。『さあ泣いて下さいどうぞ』みたいなのが冷めるって言うか」

「……そこは義理でも『へえ面白そう』とか言うもんだよ」

銀河は呆れたように言った。

「へーおもしろそうこんどよんでみるよ」

「うわー。全然読む気ないでしょあんた」

「んだよ。お前が言えって言ったんだろ。これだから女は意味分かんねえ」

少年は唇を尖《とが》らせる。

「いつもここで星を見てるの？」

と今度は銀河が質問した。

「いや。部活で忙しいし。あんまり来られない。俺、サッカーやってるんだ」

「意外。チームプレーとかできそうに見えない。というか友達いなそう」

「お前失礼な奴だな。友達ぐらいいる。てか俺はどちらかといえば人気者だ」

「嘘くさ。だって夜中に一人で山に登って星を見てるってさ……暗くない？」

「男には一人の時間が必要なんだよ」

少年が真顔で言うもんだから、銀河は大声で笑った。

「そのセリフも相当臭いよ」

「……臭いか？」

「臭い。というか痛い。そういうのは人生の酸いも甘いも味わった大人が言うから様になるのであって、子供が言ったらただただ痛い」

「むぐぐ」

と少年は唸《うな》った。

うまいことやり返して銀河はご満悦。とても楽しそうで、僕はまた寂しさを覚える。

「それよりもういいだろ。場所替われ」

少年に言われ、銀河は望遠鏡の前を譲った。名残惜しそうに。

ようやく望遠鏡を取り戻した少年は、

「ああ、もう。デタラメな方向に向けやがって」

ぼやきながらハンドルの調整を始める。

やがて再調整に満足がいったのか、少年はアイピースに目を押しつけた。

光量を絞った懐中電灯に照らされる横顔は真剣そのもので、少年が天体観測に真摯に打ち込んでいることが察せられた。

誰かに似ている、と僕は思った。それもとても見慣れた誰かに。

銀河だ。

本を読んでいるときの銀河が、今の少年と同じような表情をする。

「………」

銀河は無言で少年の横顔を見つめていた。今、何を思っているのだろう？　僕には知るすべもない。

深い深い森の中。降り注ぐ星の光を湛《たた》えた湖のほとり。

これが二つ目の運命の出会いだとは、銀河は思いもしなかっただろう。

5

東京に帰って来ると、朝晩が急に冷え込むようになった。

まるで銀河があの山から秋を連れてきたみたいだと僕は思った。

銀河は天文学に関する本を読むようになった。間違いなくあの少年の影響だ。

天の河の写真を眺めて物思いにふける。その哀愁を帯びた表情に、僕は言葉にできない気持ちをかき立てられた。

件《くだん》の少年とは、名前も知らないまま別れた。

「そろそろ帰れよ。風邪なんか引いたら旅行が台無しだぞ」

「うん。そうする。ありがとう」

じゃあね、も、またね、もない、あっさりした別れだった。

些細な偶然でほんの一時、互いの人生が交錯しただけ。二度と会うことはない――お互いにそう思っていたに違いない。連絡先の交換もなかった。

その別れ方がむしろ、強い余韻を残したのではないかと思う。

けれどそうした気持ちは日常の慌ただしさに飲まれて薄れていく。

銀河は元の生活に戻ったけど、僕の方はそうじゃなかった。

旅先での銀河と少年のやりとりは、僕にある事実を突きつけた。

銀河もいずれは恋をする。相手はもちろん人間だ。僕ではない。僕はどうやったって彼女の一番にはなれない。この「僕という意志のある存在」に気付いてもらえる可能性すらないのだから。

やがて彼女は誰かに恋をして――恋愛小説一冊分かそれ以上の経験をして――結ばれる。そのとき僕は、彼女を祝福することができるだろうか？　相手の男を呪わずにいられるだろうか？　正直言って自信がない。

人間になりたい。切に願う。語られる存在ではなく、語り合う存在になりたい。

ああ。

嘆息して、僕はいきなりアホらしくなった。

落ち葉舞う公園でイケメンが失われた恋を嘆くなら絵にもなるだろうけど、ひしゃげた文庫本が国語辞典の下で嘆いたところちっとも様にならない。

そう、僕は今、国語辞典にプレスされている。

やったのは銀河だ。何かのお仕置き、というわけではない。

先日の旅行で、銀河がひっくり返った拍子に僕はぐにっと折れてしまった。

銀河がそのことに気付いたのはホテルに戻ってからだった。

「あー、やっちゃった……」

折れ曲がった僕を見て銀河は嘆き、睦月に助けを求めた。

「うわぁ、やっちゃったねえ」

睦月は僕を裏表ひっくり返し、パラパラとめくろうとして顔をしかめる。拡げたらページが折れそうだったのだ。カバーを外すと背の部分に皺が寄っていた。

「ねえどうしよう。直す方法ってある？」

「うーん。とりあえず重しをしてみたらまっすぐになるかなあ？」

そんな次第で、帰ってくるなり僕は辞典の下敷きにされたのだった。

こんな有様ではシリアスな悩みなど長続きしない。そこでふと思うのは、人間もみんな、日頃から笑えるような格好をしていれば悩みなんて持たなくてもすむようになるんじゃないかってこと。誰か実験してみてくれないだろうか。周囲の人にどう思われるか責任は持てないけど。

このような状態だから、銀河はここしばらく僕を持ち歩いていない。部屋で一人待つばかりだから、妙なことを考えてしまうのだろうか。

持ち歩かなくなったからといって、銀河が僕のことを忘れてしまっているわけではない。その証拠に、彼女は朝晩、国語辞典を除《の》けて僕の様子を見る。そして折れ曲がった跡が消えていないことに落胆する。

「重さが足りないのかな……」

銀河はそう言って部屋を見回した。

近ごろの銀河の部屋は、以前とは様変わりしている。かねてから建築中だった新居がいよいよ完成しそうで、鹿島家は引っ越しの準備に大わらわなのだ。それで銀河の部屋も段ボールだらけになっている。

銀河は中身の入った段ボールをあれこれ持ち上げては重さを確かめ、

「これならいいかな？」

と、処分する本と雑誌がぎっしり詰まった一箱を選び出して、僕の上に載っけた。その上にダメ押しとばかり国語辞典も乗せる。

「背表紙の補修はどうすればいいんだろう」

セロテープはやめて、と僕は訴えた。あれは粘着力が弱いしすぐに剝がれる上に跡が汚くなる。

ずっしり重荷を背負わされて、さてこれで歪《ゆが》みが取れるのかどうか。紙の癖って奴は一度付いたらなかなか取れないものだ。まあうまくいくことを祈るとしよう。ところが僕の「負傷」が癒える前に、それどころではない、もっととんでもない事件が起きてしまうのだった。


秋も深まったある日曜日。銀河の家では引っ越しの準備に余念がなかった。父親が休みで家にいるので、タンスの移動や押し入れの中の大物の片付けなど、母親と銀河だけではできない力のいる作業を朝からやっていた。

午後、母親は銀河の部屋にきて、出かける用意をするように言った。

「どこ行くの？　まだ部屋の片付け済んでないんだけど……」

「家具屋さん。本棚欲しいって言ってたじゃない。銀河が行かないなら、お母さんが勝手に決めちゃうけど」

「っ！　行く行く行く！　自分で選ぶ！」

　朝からの労働でぐったりしていたはずの銀河は「本棚」という単語に反応して片付けを放り出し、大急ぎで支度を始めた。

「よし行こうすぐ行こう！」

　準備完了すると母親を急《せ》かす。母親はニコニコ笑ってこう言った。

「かぐや姫ならともかく、家具屋はどこにも行きませんよ」

「いい本棚は売れちゃうかもしれないじゃない！」

　銀河はさらに急かす。

「お父さんは行かないの？」

「サイズは分かってるんだし二人で大丈夫だろう。お父さんは不要品の処分。お前も何か処分するものあるか？」

「んー。いらない本とか雑誌が一箱あるけど、あとで自分で出来るし、いいよ」

　遠慮した、というよりは父親に部屋に入って欲しくなかったのだろう、年頃の女の子としては。

父親は「そうか」とうなずく。

銀河と母親が「いってきます」とマンションを出て行く。

残った父親は、まず押し入れから出した不要品を運び出し始めた。どこの家でもそうだろうけど、押し入れには古い家電や着られなくなった服などが大量に詰まっている。引っ越しを機にすっきりさせることになっていた。

父親は段ボール箱を抱えて廊下を何度も往復する。額には汗が浮かんでいた。

「ああ、腰に来る。俺も歳かなあ。娘が高校生だもんなあ」

おじさん的なぼやき。

押し入れを片付けた終えた父親は廊下に立ち、そこでふとこちらを——銀河の部屋を見た。

新しい本棚に浮かれた銀河は、ドアを開けっ放しで出かけた。なので、「処分」と書かれた段ボール箱が床に置いてあるのが廊下からでも見える。

「まあ、ついでだ」

呟くと、父親は銀河の部屋に入った。段ボール箱の上には辞典が置いてある。

「辞典は捨てないよな」

辞典をひょいっと持ち上げてベッドの上に移した。それからかがみ込んで段ボール箱を持ち上げる——持ち上げようとしたそのときだった。

バリリリッ！　とすごい音がして段ボール箱の底が抜けた。滝のように本と雑誌が降り注ぎ、足の甲を直撃された父親が悶絶《もんぜつ》する。

「ああ、やってしまった」

舌打ちをする父親。

まずいことになった、と僕は思った。

父親がぶちまけた段ボール箱は、銀河が僕の重しに使っていた段ボール箱だ。ぶちまけた場所は、僕の真上だ。つまり僕は今、処分される本や雑誌に埋もれている。

父親は底の抜けた段ボール箱をひっくり返し、

「これはダメだな」

呟いて一度部屋を出て行く。すぐに、もっと丈夫な箱を持って戻ってきた。床に散らばった雑誌と本を拾い集め、箱に収めていく。その手が僕にも伸ばされる。

違う！　僕は違うんだ！　銀河は僕を捨てるつもりじゃないんだ！

僕は念じた。無駄だと分かっていても必死だった。僕は捨てられる本じゃない。あなたが銀河にあげたあの本だよ！　気付いて！

けれどいつものように、僕の思いは人間には決して届かない。

父親は僕を拾ってちょっと首を傾げたものの、処分する本と一緒に箱に放り込んでしまった。

箱の蓋が閉じられる。

目の前が真っ暗になった。


古い家電や着なくなった服、もらったきり一度も使っていない贈答品の食器なんかと一緒に僕を積み込んで、銀河の父親は車を走らせた。

やばい。

がたごとゆられながら僕が思っていたのはそれだけだった。

やばい。やばいやばいやばいやばい。まさかこんなことになるとは想像もしていなかった。

日曜午後の街中を車はのんびり走る。

しばらく行って、父親が車を停《と》めたのはリサイクルショップだった。近ごろは家電を捨てるだけでもお金がかかる。だったら二束三文でも引き取ってもらった方がいい。

そんなところだろう。

車を降りた父親が店員を呼んできて、荷物を店内に移し始めた。

「あ、書籍はうちでは扱ってませんねー」

「そうですか。じゃあさっき降ろした分だけ、お願いします」

処分品の見積もりをお願いすると、量が多いので時間がかかるとのことだった。

「ではあとで来ます」と言って父親は車に戻る。

売られなかったことに僕はほっとしたが、甘かった。

次に父親が向かったのは古書店だったのだ。

誰でも名前を知っている全国チェーンの古書店だ。父親は僕が入った段ボール箱を買い取りカウンターに載せた。

「いらっしゃいませ。買い取りですか？　ありがとうございます」

「時間、かかりますか？」

「このぐらいの量でしたら十分ほどで終わるかと」

父親は店内で待つことにした。案内札を受け取ってカウンターを離れる。

店員は慣れた手つきで段ボールの中身を確かめ、分類していく。雑誌や他の本は素早くめくって中を確かめたけど、僕のことは一瞥《いちべつ》しただけで脇に寄せた。痛みが酷いので買い取り不可、ということだ。買い取り可能な本のバーコードを読み取って価格を出し終わると、店内放送で父親を呼ぶ。

「お待たせいたしました。まず、こちらの三点は買い取り不可です」

と、まず僕と他に雑誌二冊を示す。

「残りの書籍と雑誌は全部で千四百二十円になりますが、よろしいですか？」

「ああ、はい。いくらでもけっこうです」

「ありがとうございます。箱と買い取り不可の本はいかがなさいますか？」

僕は一縷《いちる》の望みを込めて父親を見つめた。目なんてないけど、気持ちとしては川に流され捨てられる子犬——今時そんなことをする人はいないと思うけど——の心境だ。お願いだから捨てないで。持って帰って。

だがしかし。

「不要なのでそちらで処分して下さい」

やっぱりそうなってしまった。

買い取り承諾書にサインをして現金を受け取り、父親は古書店を出て行った。

ハイテンションな店内放送がガンガン鳴り響いている。楽しく読もう！　お得に売ろう！　売るのも買うのもナントカ堂！　スピーカーが悪いのか音源が悪いのか、肝心の店名が聞き取れないけどどうでもいい。

すごくうるさい。この世の終わりだ。

僕は、銀河の父親が突然戻ってきて「やっぱり持って帰ります」と言ってくれることを願った。もちろん叶わなかった。

父親は戻ってこず、店員は僕をバックヤードに持っていき、他の処分する本や雑誌の山に加えた。

僕はそこで日が暮れるまで放心していた。

店員は僕にまったく注意を払っていなかったし、逃げ出すチャンスはいくらでもあった。ないのは手段だ。具体的には二本の足。何なら翼でもいい。この廃棄品の山から飛び立って銀河のところに帰る手段が手に入るなら、僕はページの角を折られても余白に落書きされても許したことだろう。なんなら二、三ページ破ってくれても構わない。

客足が落ちてくると、一部の店員がバックヤードで作業を始めた。

買い取った本はそのまま店に出せるわけではない。一部の美品はそのまま値札をつけて陳列されるけど、大半は汚れているので清掃が必要になる。カバーの汚れを拭き取り、中に挟まっているゴミを取り除き、書き込みがあれば消す——消せなければ処分行きだ。

特殊な工程としては「小口研磨」がある。これは読んで字のごとく、本の小口を研磨機で磨く、というか削る作業だ。雑誌の表紙や本のカバーは水が染み込みにくいコート紙なのでクリーナーをつけて汚れを落とせるけど、中の紙は防水じゃない。だからここの汚れは紙ごと削り落としてしまうのだ。

これで本が綺麗《きれい》になる――ということになってるけど、個人的には微妙だと思う。削れば汚れは落ちる。けれど、断面がざらざらになって、手触りが悪くページをめくりにくくなるし、前より汚れやすくなる。研磨済の本は未研磨の本よりも早く傷む。本の寿命を考えたらよくない。

僕は多少汚れてても研磨されたくはない。けれど今は、すぐ側でギョリンギョリン削られている本たちがうらやましかった。傷もうが寿命が縮もうが、彼らはまた店頭に並べられる。誰かに手にとってもらい、読んでもらえる可能性がある。

背表紙が曲がって一部破れている僕にはその可能性はない。補修したところで手間に見合わないから、このまま処分されるだけだ。

ああ、どうしてこうなったんだろう。

人間になりたいなんて思ったからだろうか。きっとそうだ。分不相応な願いを抱いて、人間に嫉妬などしたから、神様が罰を与えたのだ。そうに違いない。

銀河は今どうしているだろう。新しい本棚を選び終えて帰宅しただろうか。僕が部屋からなくなっていることに気付いただろうか。

気付かないはずはない、と思う。でも、それならどうして取り返しに来てくれないのだろう。気付いているのに来てくれないのだろうか。大事にはしていたけど、ボロボロになってたし、まあいいや、と思ったのだろうか。あとで買い直そうと。

そうかも知れない。何しろ本というものは大量生産品だ。同じものがいくらでもあって、しかも安いから簡単に買い直せる。銀河が感動し、大切に思っているのは『ホテル・カロン』の物語であって、この僕という一冊の本のことではないのだから。

肉体など精神の入れ物に過ぎない、と言った人がいる。それに倣えば、書物など物語の入れ物に過ぎない。

僕は——本は人間にとって交換可能な存在でしかない。その事実に、僕はうちひしがれた。

それでも、僕は銀河が買い戻しに来てくれることを願った。

銀河に会いたかった。

もう一度彼女に会えるなら、もう何も望むことはない。二度とページを開かれなくてもいい。本棚の隅で、あるいは押し入れの段ボールの中で忘れ去られてもいい。

もう一度だけでいいから、銀河が本を読むところを見たかった。物語に没入する銀河。読み進めながら笑ったり顔をしかめたり涙ぐんだり。読書中の自分がどれだけ表情豊かなのか、銀河本人は知らないだろう。その笑顔が、泣き顔が、ページをめくる指先がどれほど魅力的か。僕がどれだけ彼女を思っているか。

不意に店内のＢＧＭが変わった。流れているのは蛍の光。閉店の合図。

立ち読みをしていた客たちがぞろぞろ出ていく。

蛍の光がブツッと途切れる。店員が自動ドアの電源を切り、施錠、店内の清掃とレジ締め作業を始めた。

「廃棄けっこう溜《た》まってますけどー？」

一人の店員が、上役らしい店員にそう訊ねた。

「明日業者来るから、裏口にまとめといて」

「うーっす」

答えた店員がバックヤードに入ってきて、僕やその他の廃棄処分される本の山を持ち上げる。

そのとき、自動ドアをバンバン叩く物音がした。続いて、

「すみません！　すみません！」

銀河だ！

切羽詰まった声。その姿が見えなくても、ガラス越しでくぐもっていても、僕には一発で分かった。銀河が来てくれた！

「すみません！　開けて下さい！　すみません！」

銀河はガラスを遠慮無く叩く。後ろで男の声がした。多分、銀河の父親だ。

「どうする？」

店員たちは顔を見合わせた。閉店したといってもまだシャッターは下ろしていない。表の銀河から、中の店員たちはよく見えているはずだ。

「無視するわけにもいかないでしょ。ったく面倒くさい」

愚痴に続いて、店員の一人が出入り口に向かう足音が聞こえてきた。

「すみません、もう閉店しているんですが」

「買い物に来たんじゃないんです。あの、お父さんが昼間本を売ったんですが、それが間違ってて」

「申し訳ないのですが、一旦買い取ったもののキャンセルについては致しかねます」

「分かってます。そうじゃなくて」

「買い戻したいということなら後日ご来店をお願いできますか？　ご覧の通りもうレ

ジも締めてしまって」

「違うって！　売った本じゃなくて！」

銀河の要領を得ない様子に、応対に出た店員がため息をつく。他の店員たちは閉店作業を再開した。

「銀河、落ち着きなさい」

父親が銀河を制した。

「閉店後に押しかけて申し訳ありません。昼間本を売ったときに、手違いで大切な本が交じってしまったのです。買い取り不可になったものがあったでしょう？　処分してくれと頼みましたが、まだこちらに残っていますか？」

「ああ、なるほどそういう」

ようやく納得がいったと店員はうなずく。

「お客様のお名前は？　あと、その本ですけど」

「鹿島です。書名は、」

「『ホテル・カロン』。あの、背表紙が折れててちょっと破れてます」

父親の言葉を奪うようにして銀河が説明する。

「少々お待ちください」

と店員がバックヤードにやってくる。裏口に置かれていた廃棄の山を探り、見つけた僕を持って店内へと戻る。銀河が今にも勝手に店内に入りそうなほど、ドアの隙間から身を乗り出していた。

「こちらですか？」

「それ！　その本です！」

戻ってきた店員から僕を受け取ると、銀河は僕を両手で包むように持った。じっと表紙を見つめる。目の縁が真っ赤になり、みるみる涙があふれてくる。

「ああ。よかった……」

感極まったように呟くと、銀河は僕を胸に抱いた。

よかった。僕も思い、そして自分が大きな思い違いをしていたことを知った。

銀河は僕を――「この僕を」大切に思っていたのだ。『ホテル・カロン』の物語ももちろん好きだろう。けれど中身だけにその価値を見いだしていたわけではなく。

『ホテル・カロン』は一万部以上刷られた。けれど銀河がその手に持った本、夜中の病院で、涙を染み込ませながら読んだ一冊――それは僕だけだ。他の一万数千部ではなく。

銀河にとっての『ホテル・カロン』は、この僕ただ一冊だけなのだ。

銀河は僕のことを特別に思っていた。かけがえのない一冊だと思っていてくれた。

ああ、それなのに。

僕はつまらない嫉妬と卑屈な考え方に囚《とら》われて、銀河の気持ちをまったく理解していなかった。

ごめん、銀河。

そしてありがとう。

君が僕の持ち主で本当によかった。

銀河は古書店員に迷惑をかけたことを詫《わ》び、父親と一緒に帰宅した。

帰りの車中で、銀河は僕の折れた背表紙や、まるまった角、汚れた小口を指先でそっと撫でた。


僕はこの日のことを、生涯忘れることはないだろう。

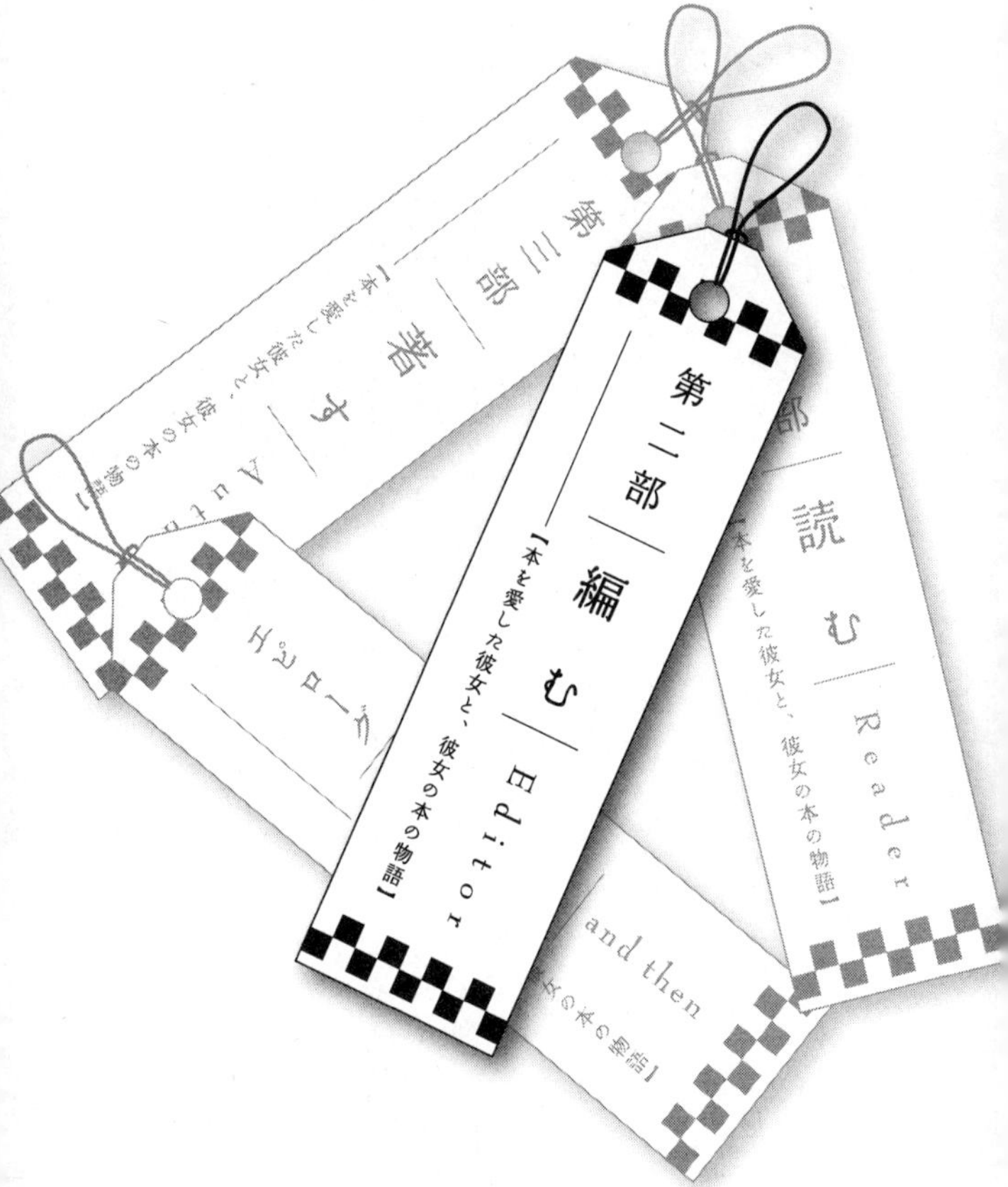
第二部
編む
Editor
【本を愛した彼女と、彼女の本の物語】
第三部
著す
【本を愛した彼女と、彼女の本の物語】
読む
Reader
【本を愛した彼女と、彼女の本の物語】
エピローグ
and then

1

「それでは、残念会を始めたいと思います」

「わーい！　って喜べる状況じゃなーい！」

厳粛な銀河の宣言に、睦月がぎこちないノリ突っ込みで応じた。一応笑顔ではいるのだけど、どことなく作り物めいて無理が見える。

「まあまあ食べて食べて。今日はあたしの奢《おご》りだから」

「うう。いつもすまないねえ……」

まるでおばあさんみたいに呟いて、睦月はチーズケーキにフォークを入れた。

「いいのよ。むっちゃんがデビューしたら百倍にして返してくれるんだし」

「百倍って多くない!?」

「そのぐらいポンと出せるぐらいの売れっ子になる、と信じてるよ」

睦月はチーズケーキを口に運んで「ん。おいし」一瞬は笑顔になったけど、

「……今度こそはいけると思ったんだけどなあ」

とため息をつく。

「大丈夫大丈夫。まだ若いんだしチャンスはいくらでもあるよ」

銀河はそう言って親友を励まし、自分もモンブランを頬張った。

ケーキの上に垂れてくる髪をかき上げる銀河を見ながら、僕は、髪が伸びたなあ、とぼんやり思った。ロングヘアの銀河も、もちろんかわいい。


あれから三年が経った。

高校一年生だった銀河は無事に進学し、今は都内の大学に通っている。睦月とは別の大学になってしまったが、二人は相変わらずの親友で、今でもこまめに連絡を取り合っていた。

この三年間の間、銀河の方は特に代わり映えのない生活をしていた。きちんと学校に通い、読書も欠かさない。病気の方は落ち着いていて、生活には何の支障もない。友達は多少増えたけど、一番はやっぱり睦月。大学は自分の学力で行けて、自宅から通える私大を選んだ。一応教育学部だけど、教師になりたいのかはちょっと分からない。具体的な将来の目標もない、普通の大学生だ。

一方で睦月は夢に向かって突き進んでいた。高校一年の時点でも抜きん出ていた学力にさらに磨きをかけ、大学は国立の一流どころに合格。いや、そんなことは割とどうでもいい。一番の変化はプロ作家を目指して具体的な行動に入った点だ。つまりは新人賞への応募。高校時代から計五本の原稿を書き上げて応募した睦月だが、しかしいまだ受賞には至っていない。最新の原稿は二次選考を通過して「今度こそは！」と期待していたのだが、先日発表された最終選考作品の中に睦月のものはなく、今日は五度目の残念会なのであった。

「これが恒例行事になってきてるのが、なんか嫌」

「じゃあ早くデビューしないと。あたしも延々と奢り続けたくないし」

銀河は発破をかけるつもりで言ったのだが、睦月はシュンとしおれてしまった。

「私、才能ないんだきっと……。何年かかってもデビューできなくて、そのうち自分より若い新人に嫉妬するようになって呪ったり、自分の作品なんか一切書かずにアマゾンレビューで酷評書き散らしたりする作家志望もどきのフナムシみたいになっちゃうんだ……」

「うわ」

銀河が引く。僕も引いた。これは重症だ。それだけ睦月は今回の原稿に賭けていたんだろう。

「睦月、気をしっかり持って。睦月が一番才能あるから」

「……ほんと？」

「ほんとほんと。睦月の作品が面白いのはあたしが保証する。他の人なんか目じゃないよ」

「……ほんとにほんと？」

「ほんとにほんと。審査員に見る目がなかっただけだって。睦月は絶対デビューできるって。そうだ。今度は別のところに応募してみればいいんじゃない？　今までやってないジャンルに挑戦したら意外といけるかもしれないし」

「……かなあ」

「そうだよ。きっとそう。あたしは睦月の作品好きだよ。だから、才能ないなんて言わないで」

「……うん、ありがとう」

　睦月はようやく微笑んだ。かと思うと、

「そうだよね。この私に才能がないはずなんてないもんね。絶対デビューしてやる。それで売れっ子になって、この私の才能を見抜けなかったぼんくら編集者に後悔させてやる。手の平返しさせて平伏《ひれふ》させてヘコヘコさせてやる。くっくっく……今に見てろ……」

なんだか邪悪なオーラを放ち始めている。大丈夫かこれ？　何か悪いスイッチ入ってしまったのでは……。

「……が、がんばってね？」

元気になった――かどうか微妙な親友を前に、銀河の笑顔も引きつっていた。

創作の暗黒面に落ちそうな親友を褒めたりおだてたり、口に甘いものを突っ込んだりしてどうにか励ましてから数日後。

銀河は大学の図書館でレポートに取り組んでいた。

ふと、視線を感じて顔を上げる。通路をこちらに向かってくる、派手な雰囲気の女子学生が、笑みを浮かべて手を挙げた。

これは誰だったか、僕は思い出すのに苦労した。何しろ大学というものは人が多い。一学年だけでも、銀河が通っていた女子校の総生徒数と同じくらいいるのだ。講義によって集まる顔ぶれも違うので、この僕の記憶力を持ってしても全員はとても覚えきれない。

「浜《はま》さん」

銀河が名前を呼んで、僕はようやく思い出した。浜珠梨《じゅり》。同じ教育学部で同クラス。

目立つ顔立ちで男子に人気が高い。銀河とは特別親しくはないが別に敵対してもいない。席が近ければ普通に会話はする、という程度の間柄だ。

「レポート？」

「終わんなくて」

珠梨は銀河の手元を勝手に覗き込んでうなずいた。

「先輩にもらった去年のレポート持ってるから見せたげよっか？」

「ありがとう。でも自分でできそうだから大丈夫」

「真面目か！　あの教授中身なんかチェックしないって有名なのに」

珠梨は勝手に銀河の対面に座った。

「ところでちょっと相談というかお願いというかあるんだけど」

「代返？」

「ううん。今度合コンあるんだけどさ、どうしても人数揃わなくて。参加しない？」

「合コン」

銀河は苦い顔になった。大勢で騒ぐのがどうにも好きになれないのだ。そもそも未成年だから飲めないし、心臓のことがあるので成人しても酒はダメだと医者に言われている。

「会費とか全然いらないから。ほんと数合わせ。端っこに座ってて適当に愛想笑いしててくれれば大丈夫。何なら途中抜けしても全然オッケー」

「って言われても……」

銀河が渋ると珠梨はパン、と両手を合わせて銀河を拝んだ。

「お願いよ〜。絶対かわいい子連れて行くって言っちゃったの。私の顔を立てると思って。この借りはあとで絶対に返すから。ね？」

「うーん」

と銀河は唸った。

やめろやめろ。この手の誘いにいいことなんて何もない。酒の強さが男らしさだと勘違いして無茶呑みする大学生なんてろくなもんじゃない。友達を選んでもっとちゃんとした付き合いをしなさい、と僕は父親のようなことを思い、銀河が断ってくれることを願った。けれど。

「……本当にすぐ帰るよ？」

「いいよいいよ大歓迎。ありがとう！　恩に着るわー」

銀河は承諾してしまったのだった。

交友関係の広い珠梨の頼みを聞いておけば得をする……というよりは断ったらあとが面倒だと判断したのかもしれない。僕には一つ思い当たる出来事があった。

入学式からそう間もない頃、合コンではないのだけれどちょっとしたお誘いがあったのだ。相手は珠梨ではなく、別のグループだ。男女それぞれ三、四人ぐらいいただろうか。せっかく同じクラスになったんだから親睦を深めようとか何とか、そんな理由だったと記憶している。銀河はこれを断った。行き先が山だったからだ。心臓の手術経験のある銀河には、アウトドアキャンプは少々ハードルが高い。

このときの断り方もちょっと悪かった。銀河は自分の病気のことをごまかし、相手は不快に感じたようだった。それで少しの間、付き合いが悪いだのお高くとまっているだのといった悪評が流れたのだ。銀河が断ったのは出先で何かあったら迷惑をかけてしまうからだ。けれど相手は「歩く必要があるなんて疲れるし嫌」だから断ったと受け取ってしまった。

またあいうことがあったら困る、と銀河が考えても不思議ではない。

ともかく合コンの日がやってきて、銀河は約束の場所に行ってしまったのだった。僕としては不安しかない。

合コン会場は大学最寄り駅の近くにある、庶民的な居酒屋だった。チェーン店らしいのだが僕は知らなかった。

銀河がのれんをくぐるとすぐ、

「鹿島さん！」

座敷《ざしき》にいた珠梨から声がかかった。珠梨はわざわざ靴を履いて、出入り口まで銀河を迎えに来た。

「迷わなかった？」

「大丈夫」

「汚くてびっくりした？　でもここ安いのにおいしいのよ。こっちこっち。もうみんな集まってるから」

珠梨はやや強引な感じで銀河を奥に引っ張っていく。

座敷には三人の男子学生と一人の女子学生が座って、テーブルにはすでに飲み物も食べ物も並んでいる。空のグラスもいくつかあった。……人数が揃ってなくても盛り上がれるなら、別に銀河を呼ばなくてもよかったんじゃ？

「うひょう、本当にかわいい子連れてきた」

男子の一人が赤ら顔でそう言った。

「でしょう？　私の自慢の友達」

と珠梨は得意げになる。

「はい座って」

珠梨が銀河を座敷に押し込んだ。自分は入り口側に座る。

「じゃあ人数が揃ったところで改めて自己紹介から始めましょうか」

珠梨が音頭を取って各人に自己紹介をさせる。全員銀河と同じ大学だった。ただし学部は珠梨以外は別。野郎共の名前は……どうでもよかったので聞き流した。顔つきと髪型で人参南瓜《にんじんかぼちゃ》エリンギと呼んでおくことにする。

「とりあえず乾杯するか。鹿島さん……銀河ちゃんって呼んでいい？」

と人参。馴《な》れ馴れしいなこいつ。すでに酒が入ってるとはいえ、もうちょっと礼儀正しくできないものか。

「それはちょっと……」

「んー。まだ緊張してるのかな。まあいいや。ビールでいい？」

「ダメよ。こっちはまだ未成年なんだから。ウーロン茶三つ」

と珠梨がいなす。

銀河は珠梨に向かって軽く頭を下げた。

男たちはあまり気にした様子もなく、ビールを頼む。

全員に飲み物が行き渡っていざ乾杯。料理も運ばれてきて合コンが始まった。

初めのうちは割と和やかだった、と思う。学部は違っても大学は同じ。となればそれなりに話題は見つかるものだ。男たちもアホっぽくはあったが親切で明るかった。

けれど振り返ってみれば、その和やかさは作為に満ちていたことが分かる。

一時間ほどした頃だろうか。ずっと聞き役だった銀河も緊張を解いて、違う学部では何をやっているのか等、男たちに質問するようになっていた。

話が一区切りついて、銀河はグラスを手に取った。一口飲んで、

「っ！　ゴホッ！」

息を詰まらせむせる。

「どうしたの？」

「これ、お酒……」

銀河は顔をしかめてグラスを珠梨に見せる。

「あ、それあたしのウーロンハイじゃない？」

未成年だから呑まない、と言っていたのにいつの間にか飲み始めた珠梨である。

「いいじゃんもう銀河ちゃんも飲んじゃえばー」

とエリンギみたいな髪型の男が言った。

「だまらっしゃい！」珠梨は男に吠《ほ》えて、「ごめん紛らわしいところに置いてて。次から気をつけるわ」

「いいの、間違えたのは私だし」

銀河はそう言って穏便に済ませようとした。

けれど違うのだ。

珠梨は銀河が話に夢中になっている間に、銀河のウーロン茶と自分のウーロンハイをすり替えたのだ。さらに、

「鹿島さんのは、あたしが飲んじゃったか。じゃあ代わりにこれあげる。まだ口をつけてないから」

「カクテルじゃないよね？」

「普通のジュースだよ。さっき一緒に頼んだじゃない」

嘘ではない。注文したのはグレープフルーツのジュースだった。だがしかし、珠梨はこれを畳の上に置いていた。銀河からは見えないように。そこで対面の男が、こっそりウォッカを混ぜた。

銀河は気づいていなかったけど、机の下の鞄の中から、僕は全てを把握していた。

クソッ、こいつら最初からそのつもりだったな。

口がきけたらすぐにでも銀河に知らせることができたのに。おい銀河、こいつらはゲロ以下のクソ野郎共だ。お前を酔わせて悪さするのが目的だぞ。今すぐ荷物を抱えておさらばしな、って。

銀河はウォッカが混ぜられたグレープフルーツジュースに口をつけ、違和感を覚えたようだが、そのまま飲んでしまった。アルコールが入っているが、薄かったので分からなかったのだ。

珠梨と男が目配せをかわす。

ちくしょう。僕は悪酔いしたみたいにムカムカしていた。こいつらに、そして分かっていても何もできない自分自身に。

ジュースにちょっと混ぜられた程度のアルコールで、いきなり酔いつぶれたりはしない。けれど、薄くても飲んだ分は確実に体内に蓄積される。

「グラス空じゃん。はい、おかわりどうぞ」

と渡される飲み物には、やはり酒が混ぜられている。その濃度が徐々に濃くなっていく。酔いが回っていく。

珠梨がトイレに立ち、すかさず対面にいた男が銀河の隣に滑り込んだ。最初に馴《な》れ馴《な》れしく「銀河ちゃん」と呼んできた男だ。判断力の鈍った銀河にさらに呑ませて酔わせていく。

「これぇ、本当にお酒じゃないでふよね……？」

銀河の呂律《ろれつ》が怪しくなってきた。顔も真っ赤だ。

「お酒じゃないよ。こんなものお酒のうちに入らないよ」

笑う男はもはや下心を隠そうともしない。その手が銀河の腰に回される。

トイレから戻ってきた珠梨も男の乱行を咎《とが》めることなく、空いた席に座った。

「大丈夫？」

「う……クラクラする」

「あー、けっこう呑んじゃったみたいね」

お前らが呑ませたんだろうが。僕の憤りは人間の心には届かない。と、

「わらし、かえりまひゅ」

銀河がそう言った。やった。まだ彼女には理性がギリギリ残っていたのだ。そうだ帰るんだ、こんな連中の前で酔いつぶれたらおしまいだ。

銀河は僕が入ったバッグを手に立ち上がろうとする。よろける。隣の男がさっと手を伸ばす。

「おっと！　大丈夫？　じゃないよなこれ……」

転ぶ前に支えたのはいいんだが、その後がよろしくない。男は銀河の肩をがっちり押さえて、支えているというより逃がすまいとしている感じ。銀河は逃れようとするんだけど、酔っているのに急に立ち上がったせいでふらふらしている。

「ひとりで、かえれまふ」

「無理でしょ」

「そうだよ。そんな状態で一人とか危ないよ」

珠梨はそう言って男の方を向き、

「そうだ、あんた送ってってあげなよ」

いかにも名案を思いついたかのように言った。

言われた男は「えっ⁉」と驚く。二人とも死ぬほどわざとらしかった。学芸会でもこんな酷くないぞ。どうせここまで最初から計画済だったんだろうが。銀河を騙して酔いつぶしてお持ち帰りさせる。そのための合コンだったのはもう明白すぎるほどに明白だ。

帰るな、銀河、と僕は念じた。二人きりにされてしまったらもうおしまいだ。それよりは他の客の目があるここに居座る方がまだ安全だ。

ああ。だが。しかし。

銀河は身体に力が入らないようで、意思に反して男にもたれかかってしまう――そういう体勢になるように、男の方が誘導しているのだろう。どこまでも姑息《こそく》な連中め。僕が分厚い百科事典だったらこいつの頭に角から墜落してやるのに。

ぐにゃぐにゃのタコみたいになった銀河を、男は抱えて座敷から下りようとする。

銀河の心拍が荒いことに気付いて、僕はぞっとした。アルコールが心臓に負担をかけている。下手をしたら命に関わるかも――。

「お客様、どうされました？」

絶体絶命の危機に、突然明るく大きな声が割り込んできた。

「何でもねえよ」

座敷にいた男がうるさそうに答えて店員を追い払おうとする。

「飲み過ぎたみたいで」

と珠梨も、こちらは愛想よく店員に応対する。

店員――銀河と同年代の男だ。多分学生バイトなのだろう――は、珠梨たちを無視してかがみ込み、座敷の縁に座らされていた銀河の様子を見た。

「お客様？　大丈夫ですか、お客様？」

「ちょっと飲み過ぎただけだから。もう帰らせますし、大丈夫よ」

珠梨が、少し慌てた声で言った。

しかし店員は真面目な顔で、

「でも今動かすのはよくないですね、これ。お帰りはタクシーで？　多分吐きますよ。しばらく横にならせておいた方がいいんじゃないかな。休憩室、お貸ししますので」

「タクシーの心配なんてお前のすることじゃねえだろ」

男が苛《いら》ついた口調で言った。銀河を「お持ち帰り」したい男にしてみれば、店員の親切は邪魔でしかない。

「いえ、俺が心配してるのはタクシーじゃなくてこのお客さんなんですけどね。……ちゃんと帰らせるんですよね？」

「あ？　店員の癖に何を疑ってんだ？　こっちは客だぞ？」

男は通路に立ち、店員を見下ろしてそう言った。

店員はまったく臆することなく、こう返した。

「まーだ分かんねえのかこの馬鹿は」

「ば、馬鹿だと!?」

店員はバリバリと頭を掻《か》くと、呆《あき》れ顔《がお》で男を見た。

「馬鹿だから馬鹿って言ったんだよ。お前らがこの子に何しようとしてたか、分かってないとでも思ってんのか馬鹿。この子が来る前にしてた話だって全部聞こえてんだ。酔わせて無理矢理やっちまえって、それ普通に犯罪だからな？」

「っ！」

銀河が息を呑んだ。

男は青ざめ、それから賢くはない頭を必死に巡らせて、出てきた結論は、

「てめえ！」

店員をぶん殴って黙らせる、というものだった。

酔っ払いのへろへろパンチを、店員はパシンと摑まえた。そのまま腕をひねって男を組み伏せる。激しい物音。衝撃にテーブルの上のジョッキが倒れ、あふれ出した中身が畳の上に広がる。

騒ぎに気づいた他の客が騒然となったが、そのときには男はがっちりと取り押さえられていた。

「ぐあっ！　く、くそっ」

「警察呼ばれるか、この子を置いてお前らが帰るか、選べ」

「てめえ、客に向かってこんなことして、ぐああっ！」

「第三の選択としては、腕を折られて救急車で帰るってのもある」

店員は男にぐっと体重をかけた。

「分かった！　帰るから離せ！　離してくれ折れる！」

珠梨と男たちはそそくさと会計を済ませ、逃げるように店を出て行った。

窮地を脱した銀河は――吐いた。それはもう酷い有様で筆舌に尽くしがたいので詳細は控える。

座敷で吐き、女性店員に付き添われてトイレでも吐き、ぐったりした銀河は従業員用の休憩室に連れて行かれた。

銀河を救った若い店員は座敷を片付け、男を取り押さえたときに弾みで床に散らばった銀河の荷物（僕を含む）を拾い集めて休憩室へ持っていく。

銀河は二つに折った座布団を枕にして横になっていた。

「大丈夫ですか？」

「あ、はい。う……」

「あー、無理して起きなくていいから。そのままそのまま」

店員はそう言ったけど銀河は気合いで起き上がった。眉間に皺を寄せて奥歯を噛みしめるのは、酔いによる頭痛のせいだろう。

胸を押さえて苦しがる様子がないことに、僕はほっとした。

「余計なお世話かもしれないけど、友達は選んだ方がいいですよ」

「友達ってわけじゃ……」

「違うの？　なら余計悪い。よく知らない相手と呑むもんじゃないよ」

全くその通りなので銀河はうなだれた。

「……助けてくれて、ありがとうございます」

「あー、もうちょっと穏便にやるつもりだったんだけど」

店員は頭を掻き、

「これ、お客さんのですよね？　一応確かめてもらえますか？」

拾い集めてきた銀河の荷物を畳の上に置いた。

「あ、すみません。ありがとうございます」

なくなっているものはない。いつもバッグの中にいる僕が言うんだから間違いない。

ただし酒がこぼれた畳の上にぶちまけられたせいで、どれもじっとり濡れていた。

「すみません、何か拭くものはありますか？」

「あ、はいはい。気がつかなくてすんません」

店員は一度休憩室を出て、おしぼりとティッシュ、それから水の入ったコップを持って戻ってきた。

「これ使って。水は飲む用」

「ありがとうございます」

銀河はまず、僕を手に取りカバー——表紙絵が描かれた紙のカバーではなく、薄い革製のブックカバーだ。三年前にうっかり処分されそうになったあと、銀河は僕の痛みが気になって、カバーを掛けるようになったのである——を外した。中身に酒が染みていないことに安堵し、脇に置く。

「ん？」

と剝《む》き身《み》になった僕に店員が反応した。

「何か？」

「あ、手帳かと思ったら本だったから。……ずいぶん年季入ってますね」

「ずっと持ち歩いてるんです。お守りみたいなもので」

銀河はカバーを拭きながらそう答えた。

「へえ」

店員は僕を凝視したまま呟いた。

そんなにじろじろ見られると照れ……はしないけど落ち着かないのでやめて欲しい。

その願いが通じたのかどうか、店員は、今度は銀河を凝視した。

「……何か？」

視線に気付いた銀河が訊ねる。

「あのさ、ちょっと変なこと訊いてもいいです？」

「変なこと」

「栃木《とちぎ》にある天河ホテルって知ってます？　行ったことあります？」

「あります、けど……？」

銀河は怪訝《けげん》な顔をした。本当に変な質問だ。真意が分からない。僕も警戒した。

「三年ぐらい前？　友達と一緒に？」

「はい」

「夜に一人で星を見に行って、現地の愛想の悪いガキに望遠鏡を見せてもらった？」

「え、なんでそんなことまで知って……」

はたして、僕と銀河のどちらが先に気付いたのか。

「まさかあのときの！」

「正解！」

にっこりと嬉しそうな笑顔に、三年前の姿が重なった。

そう。銀河を救った店員は、あのときの天体観測少年だったのだ。

偶然はそれだけじゃなかった。天体観測少年——と呼ぶのはもうやめよう。三年越しの自己紹介の結果、彼の名前は宮沢輝星《みやざわこうせい》といい、銀河と同じ大学、同じ教育学部の二年生だということが判明した。

「え？　年上だったの？」

と銀河は驚いた。

僕も驚いた。三年前の彼はまだ髭《ひげ》も薄くて輪郭に幼さの残る少年だったし、振る舞いは見た目よりもさらに子供っぽかった。それがすっかり背も伸びて、コミュ力高そうな青年に成長していたのだ。なるほど、男子三日会わざれば何とやらの言葉通りだ。

僕も銀河も、輝星があのときの少年だとはまったく気付いていなかった。一方で輝星の方は、

「何か見たことあるような気はしていた」

と言う。

気のせいだろうと思っていたところに、銀河のバッグから僕がでてきて、あの夜のことを思い出した、とのことだった。

「相変わらず危なっかしい奴」

全くだ、と僕は同意した。銀河は決して馬鹿ではない。けれどあれこれ抜けているところがある。そういうところがかわいくもあるんだけど、もう少し警戒心を身につけていただきたい。

僕に変わって説教の一つもしてくれたらありがたかったのに、輝星は優しく微笑んで、

「怖かったろ。もう大丈夫だからな」

なんて銀河に甘い言葉をかけると、バイトを抜けて銀河を家まで送ってくれたのだった。何このイケメン行動。こいつもけっこう油断ならない気がするぞ。

意識とは不思議なもので、それまで気付いていなかったものが、何かの拍子に一度気付いてしまうと、その後は自然と目に留まるようになる。軒先のツバメの巣、道端の花、隣人の何気ない癖。それらはある日突然出現するわけではない。ずっと前からそこにあったのに、見る側が風景の一部として処理——見過ごしていただけだ。

人も同じなのだろう。

輝星とは学年こそ違うが、同じ学部で同じ建物を使っている。これまでだって姿を

見かけたりすれ違ったり、してないわけがない。けれど銀河はこれまで輝星の存在を知らなかった。気付かなかった。彼は「その他大勢」で、風景の一部だった。

輝星にとっての銀河も同じようなものだったはずだ。

今は違う。

二人はお互いの存在を知っている。知っていれば意識に登る。

例えば、銀河がいつものように空き時間に図書館の二階で本を読んでいるとき。

ふと窓から見下ろすと、輝星が友人たちと一緒に歩いている。銀河に気付いて手を振ってきたりする。銀河も小さく手を振り返す。

例えば混み合う学食に、授業が終わって教室から出てくる学生の群れに、掲示板の前に、駅のホームに、銀河は輝星を見つけることができたし、輝星も銀河を見つけることができた。

二人は特に言葉を交わしたりはしなかった。会話できるほど近付くこともなく、遠くから微笑や手振りでやりとりするだけ。

何事もなければ、二人の関係はそのまま終わっていたのかもしれない。

けれどそうはならなかった。

きっかけは、珠梨だった。

件の飲み会から半月ほど後のことだ。

「鹿島さん、ちょっと話があるんだけど」

あの日のことを相手の男が謝罪したいって言ってる。会って謝罪を受け入れてやってくれないか——珠梨はそう言った。

もうあの日のことは忘れたいし、珠梨とも縁を切りたいと銀河は思っていた。だから「そのことはもういい」と断ったのだが、珠梨は「それではこちらの気がすまない」としつこい。

「謝る、と言ってはいるけど……」

信用できるものか。しかし応じなければ延々つきまとうに違いない。放って置いて向こうから押しかけてこられるのも迷惑。何とも困った状況だった。

親には相談しづらい。余計な心配をかけてしまう。睦月も同様。困り果てた銀河が頼れた相手は、一人しかいなかった。

輝星は簡単に捕まえられた。彼は規則正しい生活パターンを貫いているようで、学内のどこにいるのか、銀河はだいたい把握できていたのだ。それは銀河がこの半月ほど、彼のことを目で追い続けていたということでもある。

「信じられるわけないだろそんなの」

話を聞くなり輝星は断言した。

「謝る気ならすぐに謝りに来い。あっちも頭が冷えてなかったにしても半月って長すぎだろ」

「だよね。正直顔も見たくないんだけど」

「無視し続けて逆ギレされても怖い」

輝星のその言葉にうなずく銀河。

「やっぱり警察に行った方がいいのかな。でもおおごとにしたくないし」

こういうことはおおごとにした方がいいのだ。あの手の連中を黙らせるには理屈も情もたいして効果はない。公権力を介入させて、「お前の人生が終わるぞ」と脅してしまうのが一番いい。けれど被害者側の、大げさにしたくない、これ以上この問題で消耗したくない、という気持ちもよく分かる。

「結局未遂なのもなあ、警察が動いてくれるか怪し——あ、いや、鹿島さんが襲われたらよかったたって意味じゃなく。なんて言うんだ、あの、あれ」

「言葉の綾《あや》、ね。分かってる」

うろたえる輝星を見て、銀河はクスッと笑った。

輝星は銀河の微笑みに一瞬見とれ、それから表情を引き締め直してこう言った。

「よし、謝罪するというなら聞いてやろう」

「え、でも……」

「俺も一緒に行く。あっちは君が強くでられないと思ってる、要するに舐《な》めてるんだよ。友達もろくにいない女一人どうとでもなるって」

「いまさらっと酷いこと言ったね？」

「ごめん。何かいっつも一人で本読んでるから」

と輝星。こっちもこっちで、銀河のことが気になって見ていたようだ。

「とにかくだ」と輝星は強引に話を戻す。「あいつらも俺の顔ぐらい覚えてるだろ。事情を全部知ってる俺が行って、鹿島さんについてるって見せつけてやれば、下手なことはできなくなるはずだ」

俺に任せておけ、と輝星は胸を叩いた。

銀河が謝罪を受け入れる——とは言ってないが相手の男に会うことにしたと伝えると、珠梨は数日して時間と場所を指定してきた。

銀河はすぐに輝星に連絡を取った。

「勝手だな」

と輝星。まったくである。謝るつもりならこっちの都合を伺うべきなのに、一方的に予定を決めてしまうとは身勝手そのものだ。

約束の土曜の夕方、現地に行ってみてその思いはさらに強まった。真面目な話をするには到底ふさわしくない、騒がしいファミレスだったのだ。

銀河は緊張した面持ちで店内に足を踏み入れる。

店員が寄ってくるより早く、入り口付近の席にいた珠梨が立ち上がった。一拍遅れて相手の男も顔を上げ、こちらを見る。飲み会には他に女子一人と男子二人が参加していたけど、この場にいたのは珠梨と、酔いつぶれた銀河をどこかに連れて行こうとした男の二人だけだった。まあ首謀者はこの二人だろうし、残りの連中はどうでもいいか。

その、二人の表情が瞬時に強ばった。

「鹿島さん、その人は……」

「その節はどうも」

輝星が意地の悪い笑みを浮かべると、

「一人で来いとは言われなかったし」

銀河もしれっと答えた。

銀河と輝星は珠梨の対面に腰掛けた。

「さて、話があるそうですが？」

輝星の挑むような視線に珠梨たちがたじろぐ。

促されて話し始めた相手方の言い分は酷いものだった。

この男は以前に銀河を見かけて一目惚《ひとめぼ》れをして、しかし学部も違えばキャンパスも違うので接点がない。それで友人の友人である珠梨に頼り、あの飲み会をセッティングした。純粋に仲良くなりたかっただけで悪気はない。酔わせて襲うつもりだったのではなく、自分も気弱な性格で、アルコールの力がなければ告白する勇気が出なかった。本当に銀河のことが好きで、それだけなのだ。今では反省しているし、改めて関係をやり直したい。

ふざけるな、と僕は思った。

銀河は怒りに震えていた。

さらに激しかったのは輝星だ。

「おい、それのどこが謝罪だ。ただの言い訳、自己弁護じゃねえか。しかも言うに事欠いて『これからは仲良くしましょう』だ？　寝言が言いたいなら今すぐ寝かせてやってもいいんだぞ。表出るか？」

「そんな、僕は……」

言い返そうとして、しかし男は言葉に詰まる。輝星の剣幕に完全に押されていた。気弱というのは嘘ではないらしい。どちらかといえば卑屈、って気がするけど。

「悪気はなかったんだから許してね、が通用するなら警察なんていらないんだよ。あんたらがやったことは犯罪だ。未成年に飲ませただけでもアウトだし、その後……」

輝星は言葉を切った。銀河の心情を慮《おもんぱか》ったのだろう。

沈黙した輝星に変わって、銀河が口を開いた。

「あたしはあなたたちの謝罪を受け入れに来たんじゃない。今日ここに来たのは、こちらの要求を伝えるため」

「要求？　きょ、脅迫でもするつもりか⁉」

男が悲鳴を上げた。まるで自分が被害者であるかのように。

なんだこいつら。なんでそんなに自分中心でものを考えられるんだ。無思慮で無神経で自分勝手。どうやったらこんなろくでなしに育つんだろう。

「お前らと一緒にするな」輝星は吐き捨てるように言った。「今後二度と、お前らがこの子の前に現れないこと。要求はそれだけだ」

男がほっとしたように息をついた。そのことで、僕はこいつらにさらに幻滅した。

本気で銀河が好きだったからあんな事件を起こしたはずなのに、二度と近付くなと言われたことに何のショックも受けてないじゃないか。要するにさっきの言い訳も全部嘘だったのだ。

「ねえ、ちょっとそれ私もなの？」

と抗議したのは珠梨だ。同じクラスなのだから、銀河のいるところを避けていたらまともに授業に出られなくなる。それは困る、ということなのだろう。

「嫌なら警察に行くだけだ。……ここに来る前に、ちょっと法学部の友人に聞いてきたんだけど、あういうケースの場合、計画して主導したってことで、あんたも共同正犯と見なされる可能性が高いってよ。最近はこの手の犯罪に厳しいし、表沙汰になったら本当に人生が終わるぞ」

「そんな……」

珠梨が青ざめ、背もたれに寄り掛かった。自分のしたことがそんなにおおごとだとは思っていなかったのだろう。いいざまだ。

「で、どうする？」

珠梨も男も返事をしなかった。それが答えみたいなものだった。

うなだれた二人を残し、銀河と輝星は自分たちの分のコーヒー代だけ置いて店を出た。状況的には完全勝利ではあったけど、二人とも清々しい顔ではなかった。

まあ降りかかった面倒を払っただけで、何か得るものがあったわけじゃないし。気分爽快！　って話じゃないのも確か。

「……これで大丈夫、かなあ」

帰りの駅のホーム。電車を待つ間、銀河が不安を呟いた。

「めいっぱい脅しておいたから大丈夫だろ。あいつら根は小心者っぽかったし」

輝星はそう言ったが銀河の表情は晴れない。

「……やっぱり心配？」

「ん。宮沢くんに脅されたことに腹を立てて暴走したら怖いなあって」

「俺のせい？」

「違う違う！　宮沢くんのおかげで助かったよ。……ただ、あそこまで強く出ると逆ギレされる可能性もあるかもって思って」

「あー、確かに。あんまり追い詰めないほうがよかったかなあ……」

輝星は首の後ろに手をやった。うなじを乱暴にもんでから、

「よし。乗りかかった船だ。何かあったらいつでも呼んでくれ。鹿島さんには指一本

触れさせないから」

　ドンと胸を叩く。

　それを見て銀河は笑った。

「え？　俺何かおかしいこと言った？」

「だって、あたしは宮沢くんが逆恨みされるかも、って話をしてたのに」

「俺の心配かよ！」

　輝星は憤慨する。本気で怒ってるわけでもなさそうだけど。

　まあ、僕だって銀河みたいな危なっかしい子に心配されたくはない。それより自分の身を案じろと説教の一つもしたくなる。

　僕が思ったのと同じことを、輝星も口にした。

「鹿島さんはもうちょっと危機管理能力を身につけようね」

「じゃあ、お互い気をつけるってことで」

「……何か納得いかない気がするけど、まあいいか」

　二人は顔を見合わせ、どちらからともなくクスクス笑いだした。

「はえ〜。私の知らない間になんかすごいことになってたのね……」

珠梨たちとの件が片付いた翌週、銀河は久しぶりに睦月と会った。

いつもの喫茶店で銀河から話を聞かされた睦月は、口をあんぐりと開けて驚いた。

「ともかく銀河が無事でよかったよ。相談してくれなかったのは親友としてはちょっと寂しいけど」

「ごめん」

「いや本気で言ってるわけじゃないから。相談されても私じゃ何の役にも立たなかっただろうし」

「そんなことは……ないんじゃないかな……多分」

そう答える銀河の目が泳いでいた。

睦月は銀河をじとっとした目で見据えていたが、突然目を輝かせた。

「不埒《ふらち》漢のことを言ってくれなかったのはいいとして、もうひとつの方を今まで黙ってたのは許しがたい」

「もうひとつ？」

「宮沢さんのこと。あの旅行でそんな出会いがあったなんて、何にも言ってなかったじゃん。本が曲がったのだって『暗闇で転んだ』なんて嘘ついて」

「それは……なんでだろう？」

「私に訊かれても困る」

冗談を言ったのではなく、銀河は本気で分かっていないみたいだった。あの日、星を見に行った湖でのことを、なぜ親友にも話さなかったのか。

第三者的な立場から見ていた僕には何となく分かる。あれは銀河にとって、ささやかではあっても特別なことだったのだ。自分の胸の内にだけ、ひっそりとしまっておきたいできごと。きっと誰にでも、そういうものがある。

「でもすごいね。三年越しの奇跡の再会？　しかもそれがピンチを救ってくれたヒーローとか、できすぎ。銀河はどう思った？」

「……小説のネタにするつもりでしょ」

「うっ。そそ、そんなことしないよ」

するつもりだったな、これは。

「どうだか」

「ネタにするしないはおいといて、どうなの？」

「どう、って」

「その宮沢さんと。まさか、『助けてもらってありがとう。もうお前に用はない。さようなら』なんてことはしてないんでしょ。その後も会ったりしてるんでしょ？」

「それは……」

「それは？」

ぐっと身を乗り出す睦月。

「……教えない」

「なんでー」

「このこと小説のネタにします、って顔に書いてるから」

「しないしないしない。絶対しない！　私たち親友でしょ？　親友のことが信じられない？」

「信じてるよ。睦月が本気で小説家になろうとしてること。ネタにするなと言われて我慢できる性格じゃないことも」

「そんなー」

嘆く睦月。銀河は苦笑いを浮かべて、コーヒーカップを口に運んだ。

睦月には教えなかった銀河と輝星の現状はと言えば、以前とは少し、いやかなり変化していた。

以前はお互いを見ても遠くから手を振ったり会釈をしたり、その程度のやりとりだけだったのが、今は近付いて言葉を交わすようになった。

「あれからどう？　おかしなこととか起きてない？　変な奴につけられたりとか」

「うん。大丈夫。そっちも闇討ちされそうになったりとかしてない？」

「大丈夫」

初めはそんなふうに、珠梨やあの男を警戒してのことだったが、事件から日が経つにつれてそうしたやりとりは減っていった。何しろ何も起こらないのだ。話すことだってなくなる。そもそも、事件のことなんていつまでも話していたいようなことでもないし。

代わりに増えていったのは他愛もない会話だ。

「じゃあほとんど毎日バイトしてるの？」

「こう見えて苦学生なんだ、俺」

「苦学生なら新聞配達しないと」

「それいつの時代のイメージ!?」

「まだ天体観測は続けてるんだ」

「続けてるって言えるのかな？　年に一回、多くて二回じゃ。大学生ってもっと暇だって聞いてたのに。忙しすぎて彼女もできないし」

「また見たいなあ、あれ、本当に綺麗だった」


「でね、友達が小説のネタにしようとして……」

「それは勘弁して欲しいな」

「だよね」

「俺をモデルに書くなら出演料もらわないと」

「お金の問題!?」


一週間が経ち、一ヶ月が経ち……珠梨やあの男が報復に来るようなことは全くなかった。問題は解決したと考えていいだろう。

そうなってしまえばもう心配することは何もなく、銀河と輝星が会う理由もないんだけど、「じゃあさよなら」とはならないもので。何もなくても二人は一緒にいる時間が増えたし、学内では二人が付き合っているものだと思われていた。

僕に言わせればそれは違う。二人は一緒にいるだけで手も繋いでないのだ。時間の問題だと言われれば確かにそんな気も……いやいやお父さんは認めませんよ！

なんて僕の錯乱をよそに、二人の距離はどんどん近づいていく。

そして、それは突然のことだった。

冬も迫ったある日。

その日は天気予報で急な大雨に注意と言っていたのに、寝坊でバタバタしていた銀河は傘を持たずに家を出てしまった。だから夜更かし読書は控えろと言うのに。

講義中に空はみるみる曇り、帰る頃には凍えるような冷たい雨が降っていた。

「あー、これは……」

寒さに身を縮こまらせながらうめく銀河。

僕としても濡れて帰りたくはないけど、この雨は夜まで止《や》まない予報が出ていた。

「……行くしかない、かなあ」

銀河はそう呟くと、コートを脱いで頭から被《かぶ》り、鞄を胸に抱えて少しでも濡れないようにして、雨の中へ出ようとした。そのとき、

「鹿島さん？」

呼びかけられた銀河は一歩目を踏み出したところで止まった。

振り向くと輝星がいて、

「何その護送中にマスコミを避ける容疑者みたいな格好」

と銀河の格好をからかう。なかなかのセンスに僕は笑ってしまった。言われてみればそうとしか見えなくなってしまう。

「こっ、これは！　雨で本が濡れないように！」

「つまり傘を忘れたと。入っていく？　ちょうど俺も帰るところ」

「あ、うん……」

みっともないところを見られたせいか、銀河の顔は若干赤い。

輝星が傘を拡げた。星空が生まれる。傘の内側に星座のプリントがしてあった。

星座の傘に入って、二人は雨の中を歩き出す。

学内の緑は雨に打たれて頭を垂れているかのよう。

校門へと続く庭園は薄暗く、いつもの活気は全くない。ただ雨音だけが、強く弱く、不規則に変化しながらあった。雨音のカーテンに包まれて、傘の下はまるで世界から切り離されているみたいに感じられる。

「荷物、持とうか？」

「いやいやそこまでは」

鞄を抱えた銀河は歩きづらそうだ。

銀河と歩幅を合わせようとしているのだろう、輝星の歩き方もなんだかぎこちない。歩きながら、銀河は何度も傘を見上げた。

「この傘、いいね」

「蓄光塗料なんだぜ」

「じゃあ夜になったら光るの？」

「そう思って買ったんだけど、傘って使わないときは閉じてるから全然光を浴びないわけで……」

「欠陥設計だ」

大学の門を出て、駅に向かって歩く。

銀河とは反対側にある、輝星の肩が雨に濡れていた。銀河は輝星が濡れないように、小さな傘の下でなるべく身を寄せようとする。すると、輝星はさりげなく身を引く。輝星は銀河に雨が当たらないようにしつつ、身体にも触れないようにしているのだ。そのことに銀河も気付いた——そして多分、不満に感じた。

銀河はぶつかるような勢いで輝星に身を寄せる。輝星がさっと避ける。といっても傘があるので距離を取ることはできない。雨の歩道を、傘はふらふら動く。不格好なダンスのように。

駅前に到着。信号に捕まる。

「今日はアルバイト？」

「ああ」

輝星のバイト先は駅の反対側に回って、少し歩いたところだ。

「あ、そうだ。店長がまた来てくれって言ってた。来てくれたらサービスするって」

信号が青になったのに、銀河は歩き出さなかった。彼女の鼓動が強くなっているのを、僕は感じた。一瞬持病のことがよぎったが、原因は別のものだった。

「鹿島さん？」

うっかり先に行きそうになった輝星が立ち止まり、振り返る。

「どうした？」

銀河を傘の下に入れ、身をかがめて様子を見ようとする。

と、鞄をしっかり抱えていた腕を突然伸ばして、輝星の首に回した。

あっという間だった。

銀河は輝星の顔を引き寄せると、キスをして、

「っ！　鹿島さん⁉」

驚き固まった輝星をその場に残して雨の中に飛び出す。振り返らない。駅に駆け込

み改札を抜け、高架橋もホームも走り抜けて電車に乗り込む。

空席はいくらでもあったけど、銀河は座らなかった。ドア付近のポールに掴まって、はぁはぁと熱い息を吐く。

発車を知らせるメロディーがなって、ドアが閉じた。銀河は窓ガラスに映った自分の顔を見た。両手を頬に当て、

「……やってしまった……」

この世の終わりのように呟く顔はしかし、とろけた笑みが浮かんでいるのだった。

僕はといえば、銀河の心配をすることも忘れて、ただただ呆然《ぼうぜん》としていた。


電車の中で銀河はずっと、真っ赤な頬に両手を当てて「あー」「うー」と唸り続けた。その様子はどこからどう見ても危ない人で。他の乗客は銀河を遠巻きにして誰も近づいてこなかった。

激しい運動が心臓に負担をかけたのだろう、銀河はしばらく息を乱れさせ、僕をハラハラさせた。幸いにも発作を起こしたりすることはなく、少し休むと呼吸は落ち着いた。けれど胸の高鳴りはその後も長い間続いていた。

電車を降りても雨はまだ降っていて、けれど銀河は構わず自宅まで歩いた。せっか

く傘に入れてもらったのに結局びしょ濡《ぬ》れである。

冷たい雨をたっぷり浴びたのに、頬をほてらせる熱はまったく冷めてはくれない。

帰宅してびしょ濡れの服を脱ぎ、シャワーを浴びた銀河は部屋に戻ってくると、バスタオルを頭にかぶったままベッドにダイブした。顔をベッドに押しつけてまたしても、

「うああー！　なんてことしたんだあたしー！」

足をバタバタさせる。

しばらくそうしていてから、鞄を開けてスマートフォンを取り出す。輝星からの連絡はない。銀河はSNSを立ち上げようとして途中で止め、またベッドに突っ伏した。かと思うとまたスマホを手にして、SNSを立ち上げ、呼び出したのは睦月だった。

『宮沢さんにキスしてしまった』

前置きも何もなく、銀河はそう打ち込んだ。

すぐに返事が返ってくる。

『に？　されたんじゃなくて銀河からしたってこと？』

『うん』

と打ち込んでから、銀河は帰り道のことを説明する長文を打った。

睦月の返事はとてもシンプルだった。

『馬鹿』

『馬鹿って何』

『銀河のこと。後先考えずにその場の衝動で行動して、困ったことになってから人に相談する人のこと』

『今日のむっちゃん冷たくない？』

『新作のアイデアが出なくて困ってるときに惚気話《のろけ》で邪魔されれば冷たくもなる』

『ごめん。てか惚気てるんじゃないし』

『で、なんで逃げたの？』

『急に恥ずかしくなって』

『馬鹿』

『馬鹿でいいから助けてよ。ねえ、どうしたらいいのこれ』

『勝手に幸せになれ』

僕は思わず笑ってしまったけど、銀河はまだこの世の終わりのような顔をしていた。

睦月が続けてメッセージを送ってくる。

『どうしたらの前に、銀河はどう思ってるの？　好きなんでしょ？』

返事にはものすごく時間がかかったけれど、それは自分の気持ちが分からなくて考え込んだのではなく、それを認めるのに、つまり心の整理をするのに必要な時間だったんだろう。

『うん』

『じゃあ、あとは言わなくても分かるよね？』

『うん。邪魔してごめん、ありがとう』

アプリを閉じる。

銀河はベッドの上に正座した。震える指で電話帳を呼び出し、「宮沢輝星」をタップする。

「あ、宮沢さんはバイトの時間かも……」

銀河はちらりと時計を見る。直後、通話がつながった。

『もしもし？　鹿島さん？』

「あ、み、宮沢サン！」

銀河の声は裏返っていた。いかん。完全にテンパっている。このままではまた妙なことを口走ってしまう可能性が。

「さっきは、あの、その、ごごごご」

ごめんなさいが言えない。目が泳ぐ。上体がぐらぐら傾いで。

「きゃっ！」

銀河は悲鳴を上げてベッドから落ち、スマートフォンも落としてしまう。

『鹿島さん？　どうしたの？　鹿島さん！』

電話越しに輝星の焦った声が聞こえてくる。

銀河はスマートフォンを拾い、空いている方の手で鞄を探ると、僕を取り出した。

『鹿島さん？』

「大丈夫。ちょっと部屋で転んだだけ」

ずいぶんとくたびれた文庫本。そのカバーに手を乗せて、銀河は深呼吸をする。

「今、時間大丈夫ですか？」

『ああ、うん。大丈夫。こっちから電話しようと思ってたところ』

「さっきはごめんなさい。その……びっくりしたよね？」

『そりゃ、まあ』

「何か、急にしたくなったんです。あ、その、誰にでもするわけじゃないよ！　キスがしたかったんじゃなくて、宮沢さんに！　したかったの！」

大声で言って、銀河は真っ赤になった。

輝星も沈黙し、何とも言えない間が生じる。

「つまり、あの、その……す、」

『待った！』

銀河が勇気を振り絞ったその直後、輝星が待ったをかけた。瞬間、銀河の顔がどろどろと崩れる。

肝心な一言を言わせなかった——それが意味するところを察したのだ。

ああ、と僕も嘆息する。これから銀河は失恋する。深い悲しみに包まれる。以前の僕は、彼女が人間の男と付き合わなければいいと思っていたけど、今は違う。自分が一冊の本であることをわきまえ、純粋に彼女の幸せを願っている。

彼女が辛《つら》い思いをするのは、僕にとっても辛いことなのだ。

先を予感して絶望しながら、それでも銀河は気丈に顔を上げ、スマートフォンを耳に当て直す。その気高さを僕は美しいと思った。

決定的な一言を、銀河は待ち受ける。

そして、

『古くさいと思われるかもしれないけど、こういうことは男の方から言わせて欲しいんだ』

　予想とは正反対の言葉が聞こえてきた。

「え……」

『ずっと気になってたんだ。再会してからじゃない。最初に会ったときから。天の河を見上げる横顔を、ずっと覚えてた。地元の連中とは全然違うな。東京とかいってたけど、本当は星の世界から来たんじゃないか、なんて思ってさ。でもあの頃の俺、ガキだったから、何の興味もない振りなんかして。あとから死ぬほど後悔したよ。連絡先ぐらい聞いておけばよかったって』

「宮沢さん」

『だから助けたお客さんがあのときのあの子だって分かったときは死ぬほど驚いた。こんな奇跡があるものかって。でもあんな事件のあとだろ？　鹿島さんは男に対して恐怖心を抱いてるはずで、俺が近くにいることも本当はよくないいんじゃないかって……』

「そんなこと、ない！　宮沢さんがいてくれて、あたし、すごく心強かった。安心してた。守ってもらえて嬉しかった。だからあたしは宮沢さんのことが、」

『だから俺から言わせてってば』

　苦笑交じりの声だった。

「ご、ごめん。聞きます」

銀河が姿勢を正した。

『改まられると照れるな。あー、えーっと。ゴホン。……鹿島銀河さん』

「はい」

『俺と、付き合って下さい』

「……こんなあたしでよければ、喜んで」

2

十二月といえばクリスマスである。クリスマスはいいものだ。赤と緑の鮮やかな飾り付け。きらびやかなイルミネーション。背中を丸めて俯《うつむ》きがちな冬、クリスマスムードは人を上機嫌にさせてくれる。

クリスマスをテーマにした物語にも名作が多い。かの有名な『クリスマス・キャロル』、『急行「北極《ほっきょく》号」』、エトセトラ。残念ながらこの僕『ホテル・カロン』にはクリスマスにちなんだエピソードは入っていない。ホテルとクリスマスってなかなかいい組み合わせだと思うんだけどなあ。

逆にクリスマスが似合わない場所ってどこだろう？ と考えるとお寺や神社になるだろうか。もうひとつ、僕が今いる場所——居酒屋も、クリスマスにはなかなか似合わないロケーションに挙げたい。

「ケンタッキーがありなら焼き鳥だってありだろ」

僕の主張に反論するかのようなことを言うのは輝星。雑な奴め。美意識が足りん。

まあ百歩譲ってクリスマスに居酒屋がありだとしても、アルバイトの制服である作《さ》務《む》衣《え》にサンタ帽子はさすがに合わない。ちぐはぐすぎる。

と思っていたら、

「ありだねえ」

客席の銀河までが輝星に同意してしまった。オーマイガーッ！

そう、今日はクリスマスイブである。

銀河と輝星がつきあい始めてしばらく経つ。

二人で迎える最初のクリスマスであるにもかかわらず、輝星のアホはこんな日にもバイトを入れてしまって（しかも閉店までのシフトだ）、銀河は客としてカウンター席に座っている。

「すいませーん！」

「はいただいまー！　ごめん、鹿島さん」

客に呼ばれて輝星は座敷の方に行ってしまった。

カウンターに残された銀河は頰杖をつき、アルバイトに勤《いそ》しむ輝星を眺めた。

輝星は悪いやつではない、と思う。正義感が強くて頭も悪くないし腕っ節も立つ。銀河を大事にしているのはそばで見ていて非常によく分かる。

けれどやっぱり、どこか気配りが微妙に足りないところがあって、そこが僕としては認めがたい。銀河の彼氏ならもっとパーフェクトになってくれ……と最近どうにもお父さん目線な僕である。

「いらっしゃ……じゃなかった。メリークリスマース！」

来客に気付いた店員が声を上げる。たちまち唱和される「メリークリスマス！」。

「いらっしゃいませ、一名様ですか？」

クリスマスに一人客とはなかなかの猛者……と思っていたら、知った声がこう答えた。

「いえ、待ち合わせで……」

「睦月！　こっち！」

銀河が立ち上がって手を振った。

睦月が笑顔で手を振り返し、タタッとこちらに駆けてきた。

「銀河、メリクリ！」

「メリクリー」

外寒いねえ。冬だしねえ。——そんな挨拶を交わしつつ、睦月は飲み物と食べ物を注文する。銀河も一緒に食べ物を頼んだ。睦月が来るまで待っていたのだ。

ほどなく飲み物が先に運ばれてくる。運んできたのは輝星だった。

「あ、宮沢さん。この子があたしの親友の睦月。睦月。この人が、」

「銀河の運命の人ね」

銀河の説明を遮るようにして、睦月はそう言った。

「いや、そんな大げさなものじゃ」と照れる輝星。

「はじめまして、藤川睦月です。宮沢さんのことは銀河からかねがね、しつこく、リア充爆破しろ！　ってぐらいよく聞かされてます」

「……そんなしつこく話してない」

「電話来ると二回に一回は宮沢さんの話じゃない」

思わぬことを暴露されて銀河は赤くなる。

「おっとお客さんが呼んでる。とりあえずごゆっくり」

と輝星は仕事に逃げた。

走り去る輝星の背中を銀河は目で追いかけた。

睦月はその視線をたどって、

「割とイケメンだね」

「割とって何？　宮沢さんは格好いいでしょ」

「あーはいはい食べる前からごちそうさまだよ。もう、なんで私はクリスマスなのに友達のいちゃつきを見せつけられに出向いてるんだか」

「ごめん。でも早めに紹介しておきたかったし」

「いいけどね。むしろ誘ってくれてありがとう」

睦月はにっこりと微笑んだが直後、ドロドロの顔になって、

「というか、クリスマスに一人で暗い部屋でパソコンに向かってると病むわ……」

「新作はどんなの？　書き始めたんでしょ？」

「まだ秘密。できたら最初に見せるよ」

頼んだ料理が運ばれてきて、二人は熱いお茶で乾杯した。

「メリークリスマース」

クリスマスだからといって二人の会話に特別なことはなく、いつもどおりの本の話

だ。誰それの新刊が面白かったのいまいちだったの。映画になるとやっぱりあれこれカットされるのがもったいないだの。

時々手空きの輝星に話を振る。けれど輝星は本のことはさっぱりであった。娯楽本をまったく読まないところは、銀河と付き合い始めてからも変わっていない。

「これだけはちょっと残念」

と銀河は口を尖らせる。恋人とも一緒に本の話がしたい、共通の趣味があれば一層親密になれると考えているのだろう。

「私は彼氏が読書家だったら嫌だなあ」と睦月が言う。「男の人って『批評』したがるじゃない？　本でも映画でもスポーツでも。あれがすごく嫌なの。自分が好きなものについてああだこうだダメ出しされたら耐えられない。百年の恋もきっと冷める」

「……それ、睦月もたまにやってるよ」

「えっ、うそ。ごめん。ううやだやだ、気をつけなきゃ」

そんな一幕もあったものの、基本的には楽しく話は弾んだ。

やがて夜も更け、閉店まで一時間を切ったところで睦月が時計を見て立ち上がった。

「私、そろそろ帰るね」

「あ、うん」

と銀河も帰り支度を始めたのは、この後、睦月のアパートに泊まる予定になっているからだ。ところが睦月は銀河の肩を押して座らせた。

「銀河は最後までいなさい。あ、忘れてたけどこれお土産。クリスマスケーキ。宮沢さんと食べて」

とカウンター下の荷物置きに置いてあったケーキの小箱を銀河に押しつける。

「……睦月？」

首を傾げる銀河。睦月は親友の耳元に口をよせ、こう囁《ささや》いた。

「クリスマスに彼氏持ちが女友達の家に泊まるとか寝言か。予定通りに銀河はうちに泊まったってことにしておくから」

銀河が呑んでもいないのに赤くなる。

「え、ちょ、睦月それって」

「うまくやんなさいよ。それじゃあ、ごちそうさま！」

「睦月！」

わたわたする銀河を置き去りに、睦月は逃げるように去っていく。

追いかけようと思えば追いかけられたはずだ。けれど銀河はそうしなかった。赤い顔で視線を店内にさまよわせる。

輝星は注文された飲み物を持って客の間を駆け回っていた。その視線がふとこちらを向く。にかっと笑い、手早く配膳を済ませて銀河のところへ。

「あれ？　藤川さん帰っちゃったの？」

「うん」

「面白い子だね。文学論かまされたのは少し困ったけど」

「うん」

ここで輝星は銀河の異変に気付いたようだった。

「鹿島さん？　具合悪い？」

「そ、そんなことは」

「？　ならいいけど」

客に呼ばれて輝星がそちらを向く「はーい」返事をしてそちらに行きかけた輝星の作務衣を、銀河が指先でつまんで引き留めた。

「鹿島さん？」

「…………」

銀河はしばらく俯いてもじもじしていたが、やがて意を決して顔を上げた。

「睦月がね、ケーキくれたの。宮沢さんの分もあるみたい」

「おお。あとでお礼言わなきゃな」

「クリスマスケーキだから、やっぱりクリスマスに食べなきゃだよね」

「そうだなあ。いつ食べても味は一緒だけど雰囲気は違うよな」

輝星はのほほんとした顔でそう言った。殴ったろかこいつ。察せ！

察しの悪い恋人のために、銀河はさらに勇気を出して。

「アルバイトが終わったら、一緒に食べない？　その……宮沢さんのうちで」

「でもそうすると終電が……」

ようやく意味が分かったらしい。輝星の顔に緊張が走る。

「おい、あんちゃん注文だってば！」

待たされた客の怒鳴り声。輝星は慌ててそちらに駆けていき、カウンターの角につま先をぶつけた。


閉店直前に銀河は店を出た。

夜風に首をすくめ、マフラーをしっかり巻き直す。

店の前に立ち、去って行く人々を見送る。

すぐに、店の裏手から輝星が息を弾ませてやってきたので銀河は飛び上がった。

閉店作業にもっとかかると思っていたのに、不意打ちみたいなものである。

「は、早かったね」

「彼女待たせてちんたら後片付けしてんじゃねえって店長に怒られた。……酔っ払いに絡まれたりしなかった？」

「うん」

「それじゃ、その……行こうか」

「……うん」

二人は並んで歩き出す。初々しいというか、どうしようもなくぎこちなかった。

輝星のアパートは歩いて行ける距離にあった。木造の二階建て、八畳ほどのワンルームだ。

「おじゃまします」

「片付いてなくてごめん」

輝星はそう言ったが、同年代の男子平均に比べたら掃除されている方だろう。洗濯物も干しっぱなしじゃないし、割合整っている。あくまでも「割合」だけど。

輝星はエアコンのスイッチを入れると、「コーヒーでも淹《い》れるよ」とキッチンに戻った。

銀河は本読みの習性でまず本棚を探す。なかった。大きなメタルラックがドカンと据えてあって、その一画に、ブックエンドも使わず天文関係の本が十冊ほど積まれているだけだ。ラックの下段に天体望遠鏡の箱があった。

「この望遠鏡、前に見せてもらったもの？」

と銀河はキッチンに向かって訊ねた。

「いや、あのときのは実家に置いてきた。それはこっち来てから買ったやつ。もっと使ってやりたいんだけど……」

天体観測に行く時間が作れないと嘆いていたことを思い出す。

銀河は鞄を床に、ケーキの箱をローテーブルの上に置いてから、キョロキョロと辺りを見回す。

「ごめん。うちクッションとかないから」

不揃《ふぞろ》いのマグカップを持って輝星が戻ってきた。

「と、とりあえず食べようか」

「そ、そうだね。生物だし」

緊張感丸出しのやりとりだった。

銀河はマグカップを受け取り、テーブルに向き合って座る。輝星が角を挟んで座った。

睦月がくれたのは両手で輪っかを作ったくらいの小さなホールケーキで、銀河が四分の一、輝星が残りを全部食べた。なかなかの食べっぷりである。

ケーキがなくなってしまうと、二人ともそわそわし始めた。

妙な感じの沈黙がしばらく続く。エアコンがブンブン唸る。その音も不意に弱まって。

唐突に恒星が動いた。腕を伸ばしてぐっと銀河を抱き寄せる。銀河も逆らわない。二人は腕を回して互いを抱きしめ、そっと口づけを交わした。

のだが、

「ぷっ」

銀河がいきなり吹き出した。身体を離し、

「あはははははは！」

と腹がよじれるほどに笑い始める。僕は銀河がおかしくなったのかと思った。輝星は僕以上に混乱していた。

「お、俺、なんか変だった⁉」

「はははははっはは！　ち、違、は、はははははは！」

なおも狂ったように笑いながら、銀河は輝星の頭を指差した。

「焼き鳥臭い！」

「焼き鳥ぃ⁉」

輝星は髪の毛をわしゃわしゃやって匂いを嗅いだ。言われてみれば確かに、輝星からは焼き鳥の匂いがしていた。

「し、仕方ないだろバイト中はずっと燻《いぶ》されてるんだから！」

「分かるけど！　分かるけど！　ムードが！」

「そっちだって同じ匂いしてるしてるからな！　今日何時間店にいたと思ってるんだ。ムードぶっ壊してるのはお互い様だ！」

「うっ」

痛いところを突かれて銀河が詰まる。

それから二人は顔を見合わせて笑った。笑いすぎて座っていられなくなり、床に転がってさらに笑う。不意に銀河はシリアスな表情を作って、

「……焼き鳥臭い女は嫌いですか」

二時間ドラマみたいな声で言った。

「やめろ笑いが止まらなくなる」

輝星が床をバンバン叩いた。

もはやムードもへったくれもありゃしない。

二人とも息ができなくなるほど笑って、のたうち回って――気付けば床で抱き合っていた。お互いの顔の近さに今更気付いて息を呑む。

「……シャワー、借りるね」

銀河はそう言うと輝星の腕からするりと抜けた。

その後のことも僕はもちろん知っているのだけれど、これ以上は言わずにすませたい。僕は持ち主のプライバシーを尊重するできた本なのだ。

一つだけ特筆しておくと、この日を境に銀河は輝星を「輝星くん」、輝星は銀河を「銀河」と呼ぶようになった。

3

年が明けると、銀河は初詣に行った。

本当は輝星と行きたかったのだろうけど、彼氏はあいにく帰省中で、そうなると一緒に行く相手は睦月ということになる。

人でごった返す境内に長いこと並んで、ようやくたどり着いた賽銭《さいせん》箱の前で手を合わせる。

「新人賞新人賞新人賞新人賞しんっじんっしょうっ！」

もはや呪いでもかけてるような勢いなのは睦月。

銀河の願いは、彼女が口に出さなかったので分からない。いい本に出会えるように？　それとも親友のプロデビュー？　あるいは定番の家内安全無病息災。まさか五《ご》穀豊穣《こくほうじょう》ではないだろう。

僕の願いは決まっている。銀河がいつまでも幸せでいられますように。

初詣が終わると睦月はそそくさと帰ってしまった。冬休みの間にちょっとでも原稿を進めたいのだそうだ。

銀河は正月を、自宅で読書をして過ごすことにした。

一人静かに本と向かい合う時間は、彼女にとって至福の一時だったはずだけれど、近ごろはあまり読書に集中していないことが多い。実生活の方に楽しいことが増えたからだろう。喜ばしいことだけど、やっぱりちょっと寂しくもある。読むにしても新刊ばかりで、僕を手に取ってくれる機会も全然なくなってしまったし。

三が日が過ぎると輝星が東京に戻ってきた。銀河はすぐに彼のアパートまで会いに行った。

お土産は地元の銘菓と、どこかの山で撮影した星空の写真。素人目にも見事な写真だったけど、銀河は頬を膨らませた。

「輝星くんだけずるい。あたしも行きたかった」

「ごめん。でも冬山はマジできついから。銀河には無理かなって」

銀河が昔、心臓を患ったことはもう輝星も知っている。いまだ消えない手術跡も見ている。銀河にしてみればそんなのは昔の話で、「人よりほんのちょっと体力が足りないだけ」のつもりだろう。けれど実際問題として、銀河が患った心臓の病気には完治というものはない。一生付き合っていかなければいけないものだ。

「次は一緒に行こう」

「ほんと？　絶対だよ」

「ああ、絶対だ。ついでにキャンプでもしてさ」

そう言われて銀河は溜飲《りゅういん》を下げる。

それから二人は部屋でいちゃこらして、輝星がふと思いだしたように言った。

「銀河さ、アルバイトするつもりってある？」

「アルバイト？　してみたいとは思ってたけど……」

「じゃあちょうどよかった。帰省したときに叔父さんに会ってさ。出版社に勤めてるんだけど、人手不足でバイトを探してるんだ。それで俺のまわりで暇そうな大学生いないかって言われたんだけど」

「……あたしって暇そう？」

「割と」

銀河は無言で輝星を叩いた。ぽこぽこ。子犬がじゃれつくように。

「ごめんごめん」と輝星は笑い、「友達に振ろうかと思ってたんだけどさ、銀河、本好きだしちょうどいいかなって」

「でもあたし、読むのが好きなだけだよ？」

「別に知識はいらないって。雑用やってくれればいいらしい」

「うーん」

と銀河はなおも渋っていたが、

「発売前の原稿読めるかもよ。保証しないけど」

「やる」

余禄《よろく》をぶら下げられるといきなり手の平を返したのだった。

正月明け。今年最初の月曜日の昼過ぎに、銀河は輝星の叔父が勤めている出版社に赴いた。

七階建てのビルは一階にコンビニとチェーンの牛丼店が入っていて、二階より上は全て出版社のフロアとなっていた。二階に受付らしいカウンターがあったが誰もいない。電話機がぽつんとあって「御用の方はこちらの内線でお呼び出しください」と、貼り紙がしてあった。

銀河は受話器を持ち上げ、恐る恐る文芸編集部のボタンを押した。待つことしばし。

『はい。文芸編集部です』

「あ、あの、アルバイトの面接で来た鹿島ですけど、新条《しんじょう》さんという方は……」

新条というのが、輝星の叔父の編集者である。

『ああ、僕僕。そのまま上がってきて。文芸は五階ね』

それだけ言うと電話はすぐに切れ、銀河は受話器を持ったまま左右を見回した。

「勝手に入っちゃっていいのかな……」

そうしろと言われたのだからするしかない。

まるで迷宮でも探索するみたいに、銀河はオフィスビル内をさまよい、エレベーターを発見して乗り込んだ。箱の中で深呼吸。備え付けの鏡に自分の姿を映して、おかしなところがないかチェック――している間に扉が開いて慌てる。

五階で下りると、木枠のガラスドアがあった。ドア上のプレートに「文芸編集部」とある。ここだ。

ガラス部分からちらりと内部を覗き込み、思い切ってドアを開ける。中には四、五人ほどの男女が机に向かっていたが、みんな自分の仕事に没頭していて、誰も銀河の方を見ない。

心細くなったのだろう、銀河がきゅっと拳を握った。と、

「……鹿島さん？」

横合いから声がかかって銀河はそちらを向く。柄物のシャツにセーターを重ねた、若くはないが中年とも言い難《がた》い見た目の男が、段ボール箱を運んでいるところだった。

「あ、はい。新条さん……ですよね？」

「はい。敏腕編集新条です」

声で見当をつけて銀河が訊ねると、新条はそう言ってにやりと笑った。

「とりあえずついてきて」

新条は段ボール箱を抱えたまま編集部に入った。

銀河はその後について行く。興味があるんだけどキョロキョロしちゃいけないと思っているのか、顔を無理に前に向けていた。

僕はそんなことはお構いなしに周囲を観察させてもらう。

出版社の編集部。その印象は……ずばり、「狭い、汚い、薄暗い」だ。

狭いと言ったけど厳密には狭くはない。小さなビルではあるけど、一つのフロアがほぼ丸ごと編集部になっているのだからスペースは十分にある――本来なら。

けれどパーティションでいくつかに区切られ、十数台の机を並べて、空いたスペースに事務器機と段ボール箱があらん限りに詰め込まれているので、床が見える部分がほとんどない。さらにはどの机の上も紙と本とその他よく分からないものが大量に載っているのでこれまた狭っ苦しく感じる。仕事にはパソコンを使うみたいだけど、キーボードはともかく、マウスを動かすスペースが見当たらない机も少なくなかった。

とにかくどこもかしこもごちゃごちゃしていて、それが「狭くて汚い」印象につながってる。大地震が来たらここの人たち全員生き埋めになるんじゃないだろうか。

その狭くて散らかった通路を、新条は大きな段ボールを抱えているのにすいすい進む。慣れているんだろう。

「ごめんね。散らかってて」

箱を下ろして着席した新条は、銀河が立ったままなのに気付いて、

「あ、そこ座っていいから」

と勝手に隣の席を示す。椅子には熊のぬいぐるみが座っていた。

「いいんですか?」

「いいの。打ち合わせからしばらく戻ってこないだろうし」

銀河は除けたぬいぐるみをどこに置こうか迷い、膝の上に抱えて座った。なで回す。手触りが気に入ったらしい。

「えーっと、さて。改めまして、文芸部デスクの新条です。よろしく」

「鹿島銀河です。よろしくお願いします」

銀河はぺこりと一礼。

「あんまりかわいい子が来たからびっくりしたよ。輝星も隅に置けないなあ。と、こういうの今はセクハラになるんだっけか」

この口ぶりからすると、銀河と輝星の関係は聞いているのだろう。

「あの、あた……私、編集の経験とか一切ないんですけど……」

「そりゃそうだ」新条は笑った。「心配しなくてもアルバイトに編集業務はさせないから。やってもらうのは主に編集部内での雑用、あとはお使いに行ってもらうことが

あるかな。車の免許は？」

「持ってないです……まずいですか？」

「一応聞いただけ。出勤は午後の一時から夕方六時までが基本。ただ、この仕事に定時なんてあってないようなものだから終わる時間は決まってないと思ってください」

「電車がなくなるようなことは……」

「稀《まれ》に。まあアルバイトにそこまで残ってもらうことはまずないよ。普段は遅くても七時ぐらいには上がってもらう感じになるはず」

……「まず」とか「はず」とか微妙に怖いな。

「今は冬休み？　だよね。大学始まってからも来てもらえるなら時間は遅めにシフトするかな。五時から九時とか、あ、午後のね。ここまで質問は？」

「午前中の勤務ってないですか？」

「残念ながら。なぜかというと作家さんはみんな夜型だからです。そうじゃない人も昼間は普通の勤めを持っていて、夕方からじゃないと捕まらないので。僕らの生活は太陽でも時計でもなく作家さんの都合で決まっているんです」

ふと、新条の目に暗い影がよぎったような気がするのは、気のせいだと思いたい。

「鹿島さんは午前の方が都合がいい？」

「いいと言えばいいですけど、そういう仕事なんですよね？」

「まあそうだね。ぶっちゃけ選択権はないので。時間の都合がつかなければ他の人を採用することになります。……とりあえずやってみるってことでどうですか？　無理そうならそれはそのときに考えるということで」

「お願いします」

「では採用！」

「え、もう？」

「輝星の紹介なら人間的には問題ないでしょうし。あと、アルバイトの採用にたっぷりじっくり時間かけてる暇もないし。それで、いつから来られます？」

「あ、今は大学も休みだし、いつからでも大丈夫です」

「いつからでも？」

新条の目がぎらりと光った。

「じゃあ、明日からお願いします。時間はさっき言ったとおり。特に用意するものはないけど、動きやすい格好で」


そんな経緯で、銀河は編集アシスタントのアルバイトを始めた。

編集とはつまり、本を作る仕事だ。

一冊の本ができるまでの工程は多岐にわたるが、まずは原稿がないと始まらない。原稿が完成するまでにも色々あるが、そこはほぼ作家が一人で行う。編集者も作家の相談を受けたり、資料を集めたり、仕事がないわけではないけれど。原稿が完成してからが編集業務の本番だ。

まずは上がってきた原稿をチェック。作家と打ち合わせをして、間違いを正したり、物語をより面白くするための修正をしてもらう。それを何度か繰り返して、十分な完成度になったら原稿は校閲に回される。

校閲では原稿の誤りや不備のチェックがされる。このチェックは実に細かい。固有名詞の間違いはもちろん、登場人物同士の関係や作中での呼称のブレ、ある場所から場所への移動にかかった時間や交通手段の有無、曜日の誤り、その他諸々《たもろもろ》、とにかく何でもかんでも調べ上げ、チェックを入れる。ここで作品を成り立たなくさせる致命的なミスが見つかって編集者が青ざめ、作家が頭を抱えることも少なくない。

そうした鬼のようなチェックをパスした原稿は印刷所に向かう。

印刷所では本を刷るための版を作る作業が行われ、最初に「校正刷」というものがでてくる。平たく言えば印刷見本で、ここでもまた編集者や作家によるチェックが行われ、最後の修正が加えられる。

もう何のミスもない、これで完璧！ と思っても発売してからミスが見つかることもしばしば。かくいう僕にも誤字がいくつも含まれている。恥ずかしながら。

本は中身だけでは完成しない。カバーが必要だ。その本がどんな本であるか、イメージを読者に伝える本の顔。銀河がアルバイトをするこの出版社の場合、カバーは社内では作らず、デザイン事務所に外注する。けれど、全ておまかせしてしまうわけではない。カバーイラスト（写真の場合もある）は誰に頼むのか、タイトルや著者名のレイアウトはどうするのか、担当編集者は何度も打ち合わせとチェックを繰り返す。

本文とカバーができてもまだ完成じゃない。次は帯。ここに記す「読者の興味を引きそうな素晴らしいキャッチコピー」を考え、またしても打ち合わせをして、チェックをして、やっぱりミスが見つかって……。

「チェックチェックまたチェックだよ。編集道とはチェックすることと見つけたり。なんてな。あー疲れた」

新条はそう言って目頭をもんだ。

今し方入稿を終えたばかりの新条の顎には無精髭《ぶしょうひげ》が目立つ。目元にも隈《くま》が浮いていてまさに疲労困憊《ひろうこんぱい》。

編集者がいなければ書物は世に出ない。作家が母であるなら編集者は父親のようなものだ。印刷所は産科医で、営業や書店は……何だろう？

僕の下手な喩えはともかく、この人たちが毎日遅くまで仕事をして、僕のような本を生み出している。彼らの誰が欠けても本は作れない。そう考えると、僕は自然と深い畏敬の念に打たれるのだった。

「お疲れ様です」

銀河の仕事は編集業務そのものではなく、それに付随する雑用である。原稿のコピー。郵便局へのお使い。校閲部へのお使い。来客へのお茶出し。また原稿のコピー。郵便物の仕分け。給湯室の掃除。お茶菓子の買い出し。雑用雑用また雑用だ。

とにかく忙しい。

輝星は「発売前の本が読めるかも」なんて言っていたが、そんな暇は全くなかった。

「ま、今はまだそんなに忙しくないんだ。やばいのは盆と年末」

「もっと忙しくなるんですか？」

「印刷所が休みに入ったら本当にどうしようもなくなるからね。間に合わせるため必死だよ。終わってからもしばらく精神がまともじゃなくて、入稿できなくて怒鳴られる夢を必ず見る。ハッと目を覚まして印刷所に行こうとして『ああ今のは夢だ。先週ちゃんと入稿したじゃないか』って一度は安心するんだけど、その直後『本当に入稿したっけ？』って。自分が先週何してたか記憶がはっきりしなかったりして」

「はは」

と銀河は笑うしかない。

「しんどいけどまあ、やりがいはある。僕らがこの素晴らしい作品を世に送り出してるんだって思えばね。誇らしいよ。……鹿島さんは大丈夫？　やっていけそう？」

「仕事は、そうですね、特に難しくはないし、忙しいっていってもあたしはちゃんと遅くなる前に上がらせてもらえるし。ただ……」

「ただ？」

「……目の前に面白そうな本があるのに、読まずに作業に集中するのは辛いです」

「本好きにとっちゃある意味拷問だな」

「ですよ」

やることが多くて大変な職場だ。銀河も最初はその慌ただしさに呑まれてミスを連発していたけど、少しずつペースに慣れ、一ヶ月もすると指示されなくてもあれこれ用意できるほどに成長していた。こうして編集者と雑談をする余裕もある。

そんな感じで、編集アシスタントのアルバイトは順調だった。

一方プライベートの方はというと、輝星が「俺と合う時間が減った」と若干ご機嫌斜めであった。お前がアルバイトしないかって言ってきたんじゃないか、と僕は思った。銀河はそんなふうに言い返したりはせず、バレンタインにチョコレートを輝星に贈った。

「え？　手作り？　嬉しー！」

チョコ一箱とデート一日で、たちまち機嫌を直した輝星。男って単純。

原稿を受け取ってチェックして打ち合わせして……というのが編集部の日常だけど、もちろんそれが全てじゃない。時々はイレギュラーな業務も発生する。

二月の下旬、銀河は「サイン会の準備」を命じられた。

来月、千葉に新しい書店がオープンする。その開店記念イベントして、地元出身作家のサイン会をやることになった。その作家が、同時期に銀河がアルバイトをしている出版社から新刊を発売するので、オファーが回ってきたらしい。

当日は特設スペースを用意して、作家がサイン本を手渡しする。サインをその場で書くのでは時間がかかりすぎるので、事前に用意しておく。

先日作家のところに送った本がサイン入りで編集部に戻ってきて、銀河はそのチェックをした。

報告に行くと、新条は椅子に背中を預けて腕を組み、「むうう」とうなっていた。

「新条さん、犬山《いぬやま》先生のサイン本、チェック終わりましたけど……」

「あ、ご苦労さん。それじゃあ箱詰めして倉庫に」

「置いてきました。表にでっかく『犬山先生サイン会用』って書いて」

「気が利くね……。むう」

「さっきから何をうなってるんですか？」

「キャッチが決まらなくてさ」

新刊の帯に入れるキャッチコピーである。新条のパソコンにはデザイン事務所から上がってきた文庫本の表紙画像が表示されていた。古い図書館のようなところで、巫《み》女《こ》さんが本を開いているイラストの上に『巫女は書架で謎を解く』というタイトルが白抜きで、三行に分けて配置されている。

「面白そうですね」

「実際面白いよ。ぜひともシリーズ化してヒット作にしたい。若い女性読者向けなんだけど、僕はおじさんだからなあ。若い子向けのキャッチがどうにも……」

突然、新条はがばっと身を起こした。

「ここにいるじゃん想定読者層どんぴしゃの女の子！　鹿島さん、ちょっと考えてくれない？」

「え？　その、急に言われても……。だいたい、あたしそれ中身知りませんし」

「じゃあ読んで」

と新条は机の上をごそごそかき回して、原稿のコピーを引っ張り出してくる。

「鹿島さん読むの速い方？　締め切りは明後日《あさって》だけどそれまでに読める？」

紙束を見る。枚数から察するに、文庫で三百五十ページくらいか。

「読めると思いますけど……」

「じゃあ決まりだ」

「いや、無理ですよあたし。キャッチコピーなんて。それに売り上げに影響するんだから、責任重大じゃないですか」

「鹿島さんの案を採用するって決めたわけじゃないから。僕もちゃんと考える。あくまでも参考として、予備として、抑えとして。ね？」

「……本当ですよね？　何も思いつかなくても怒りませんよね？」

「もちろん」

新条は胸を張って言った。

そんなわけで銀河は『巫女は書架で謎を解く』の原稿を自宅に持ち帰った。

始めはソファに座って読もうとしたのだけど、コピーの束は膝に載せて読むには向かない。すぐに移動して机の上に原稿を拡げることにした。

僕も銀河と一緒に読ませてもらった。巫女は書架で……略して「みこしょか」は、新米刑事の主人公が、ひょんなことで知り合った巫女のヒロインと共に、一風変わった難事件を解決していく連作ミステリだ。ヒロインの勤める神社にはなぜか小さな図書館が併設されていて、彼女はそこからまったく出てこない。主人公の話を聞いただけで謎を解いていく、安楽椅子探偵と呼ばれる形式である。正義感は厚いがちょっと抜けている主人公と、謎を秘めた美少女巫女。二人の恋模様も描かれている。文体は軽くて読みやすいが軽薄ではなく、事件を解決するヒロインは時々、ぞっとするほど鋭い言葉を放つ。刃物のような言葉は心をえぐり、しかし闇を照らす光でもある。伏線の張り方が特にうまい。何でもない描写が組み合わさり、秘められていた真相が浮かび上がる様は圧巻だ。

締め切りは明後日だと言われたのに、銀河はその日のうちに最後まで読んでしまった。

「ふー」

と銀河は満足げに息をついた。「みこしょか」がお気に召したのだろう。

さて、問題はここからだった。

ただの一読者なら「面白かった！」で終わり。ベッドに入って物語の余韻に浸りながら一日を終えればいい。けれど今回は仕事だ。キャッチコピーを考えなくてはいけない。

「この本のおもしろさを一行で伝えるキャッチ……。下手なこと書くとネタバレになるし。文字数制限あるし……むむう」

銀河は新条そっくりのうなり声を上げたのだった。


「どうだった？」

翌日、銀河が出勤するなり新条はそう訊ねてきた。読んだことは顔を見れば分かったのだろう。面白かったことも分かりそうなものだけど、それでもやっぱり直接聞きたいのが作り手サイドの気持ちだ。

「すっごく面白かったです。ノンストップで読んじゃいました」

「だろう？」

と新条はまるで自分が書いたみたいに得意になる。

「で、キャッチの方だけど」

「あー、それは全然……すみません」

「いいよいいよダメ元だったし、あんなこと言っといて僕も全然浮かばなかったし」

「ダメじゃないですか」

まったくだ。締め切りは一応明日だけど、これ、ちょっとまずいのでは？　僕の心配をよそに新条はいつも通りの、疲れているけど妙にテンションの高い口調で、

「どこがよかった？」

なんて訊ねている。

「すっごく丁寧に描かれてたところ。さりげない描写からそのキャラの人間性が分かって、また、そのさりげない描写から事件の全体図が見えてくる。さらさら読んでると見逃しちゃうんだけど、行間にみっちり詰まってる感じ。謎解きシーンで解説されると『なんで見逃したんだろう全部書いてあるのにっ！』って」

「そうそう、行間の物語だよね、これ」

「ですね。人の間に秘密があって、行の間に物語がある。そんな感じ」

銀河のその感想に、新条が目を見開いた。

「それ、いいね」

新条はパソコンに向かって「みこしょか」の表紙画像を呼び出し、空白だった帯の部分に文章を打ち込んだ。「人の間に秘密があり、行の間に物語がある」――「あって」を「あり」に変えただけで、ほぼ銀河の言ったままだ。

「こんな感じか。いいねいいね。これでいこう」

一人満足げにうなずき、担当デザイナーにメールしようとする。

「え、ちょ、本当にこれで行くんですか？」

「ダメ？」

「だって、ただのアルバイトの感想ですよ!?」

「誰が考えたかなんて帯には書いてないんだから平気平気――というのは冗談として、これ、本当にいいよ。『みこしょか』は本と謎解きの話だから、『行間』、『秘密』というキーワードはぴったりだ。きっと読者の心に引っかかる」

そう言いながら新条はメールの作成を終え、本当にデザイナーに送ってしまった。

「ありがとう鹿島さん。出版されたら一冊あげるから楽しみに待ってて」

新条はにっこり笑った。


三月最初の日曜日、先月末から準備していたサイン会の日だ。

　この日は銀河も手伝いに駆り出されていて、会場となる千葉の書店へ、開店前からやってきていた。

諸々《もろもろ》準備を終えて開店時刻を迎える。店の前にはすでに数十人の人が並んでいた。その大半がサイン会の列に並ぶ。

銀河の仕事は、『こちら最後尾』というプラカードを掲げて、客を案内し、列が乱れないよう誘導することだった。

サイン会は開店から正午までの予定だったけど、用意していた本は一時間ほどで売り切れてしまった。急遽《きゅうきょ》、店にあった在庫もサイン会用に回したが、それでも正午までは保たなかった。本日主役の犬山先生はかなりの人気者らしい。

「お疲れ様でした」

サイン会終了後、銀河が挨拶をすると犬山は、

「書店の方？」

と訊ねてきた。銀河の顔は知らなかったらしい。

「いえ、編集部のアルバイトです」

「ああそうなんだ。お疲れ様」

犬山は人気に驕《おご》らぬ気さくな態度でそう返す。

「将来は編集者になりたいのかな？」

「そういうわけでは……」

銀河がそう答えると、犬山は「おや？」という顔をした。

「違うんだ？　それは珍しい。出版社でアルバイトをするのは、出版関係の職に就きたい人ばかりかと思っていた」

そりゃそうだろうな、と僕は思った。

「まあ編集者になんてならない方がいいよ。激務だし、不規則だし、どいつもこいつも健康診断引っかかりまくりだし、僕みたいなわがまま作家に振り回されて胃に穴が空くし。まあそれ言ったら作家も酷い商売だけどね。今はこうしてサイン会を開いてもらえてても、来年も売れてるとは限らない。博打《ばくち》みたいな人生だ。クソ、なんでこんな仕事選んじゃったかな」

笑っていいのかどうか迷う冗談だ。銀河は困って固まる。

書店の店長が挨拶に来て、犬山はそちらに行ってしまった。

「……将来、か」

銀河がぽつりと呟いたのが、印象的だった。

春が来た。

新学期まであと数日となったその日はぽかぽか陽気で、こんな日は公園の四阿《あずまや》でのんびり読書なんかいいんじゃないかって感じだったけど、あいにく銀河はアルバイトがあった。

それでも銀河はいつもより早く家を出て、何本か早い電車に乗った。出版社の最寄り駅で降りて、出勤する前に本屋に寄る。新刊コーナーに向かう足音がいつもより固いことに僕は気付いた。

「うわ」

平台を見下ろして銀河は言った。

視線の先にあるのは落ち着いた色合いの文庫本。『巫女は書架で謎を解く』だ。帯には銀河が考えたキャッチコピーが載っている。

「うわ、うわ、うわ。本当にある」

まるで自分の日記が売られていたかのように銀河はうろたえた。

先週編集部で見本誌を見せられた——だけではなく一冊もらって帰ったのだけど、こうして実際に並んでいるところを見るとまた違う気持ちが湧いてくるのだろう。

銀河は平台の前をうろちょろして、左右を見回して、もうまったくもって挙動不審。

別の客が来たので慌てて離れる様は万引き犯にしか見えなかった。

平台の前から客がいなくなると戻ってきて、また「みこしょか」を眺める。

「………」

しばらく考えた後、手にとってレジに向かった。……買うんだ。一冊もらったのに。

銀河のやることは時々よく分からない。

書店の紙袋に入った「みこしょか」を抱えた銀河は時計を見て、急ぎ足で編集部に向かった。

「おはようございます」

最初の頃はおっかなびっくりだった編集部へも、今は堂々と入れる。

何人かの編集者が「おはよう」と返してくれた。銀河は足早に新条のところに行く。

「新条さん、『みこしょか』売ってましたよ！」

「そりゃ発売日だからねえ」

「……発売日なのにテンション低くないですか？」

「無事に本が出たのは喜ばしいけど、本当の勝負はここからだから。売り上げデータが上がってくるまでは、合格発表を待つ受験生の気分さ」

「あ……」

「すでに実績のある作家さんなら、ある程度の予測はつくし安心していられるんだけど、今回は新人さんだしね……」

新条の机の隅、投げ出された車のキーに商売繁盛のお守りがぶら下がっているのが見えた。ずっとつけていたはずなのに今まで目に入らなかった。

何ヶ月もかけてきた仕事の評価が下される。売り上げという非情な数字で。

「どんなに素晴らしい本を作っても、売れなければ、読んでもらえなければ意味がない。作家さんが魂込めて書いた本が、全くの無駄になってしまう。……まあやることはやったんだから、あとは天命を待つのみだ。悩んでないで仕事仕事。原稿は他にもいっぱいあるんだから」

「はい」

銀河も気持ちを切り替えて仕事に入る。

それから数日後——

銀河がいつものように郵便物の仕分けをしていると、営業部からの内線を受けた新条が立ち上がって叫んだ。

「みこしょか、重・版・決・定っ！」

おおーっ、と歓声が上がって、その場にいた編集者たちが拍手をする。

「来ましたね！」

「おめでとう！」

編集者たちが担当の新条に祝福の言葉をかける。

新条はすぐに作者に電話をかけ、重版が決まったことを伝えた。

「……はい、はい。そういうことで、すぐ続編に取りかかっていただきたく……はい。ではよろしくお願いします」

受話器を戻した新条は、先日とはうって変わった晴れがましい笑顔だ。

「終わったら呑みに行こうぜイエーイ！」

ハイテンションで周囲に呼びかけ、それからちょいちょいと銀河を呼ぶ。

「おめでとうございます」銀河はとりあえずそう言ってから、「仕分けまだ終わってないんですけど、先に他の仕事ですか？」

「いや、今んとこ急ぎの仕事はないよ。鹿島さんにも見せておこうと思ってさ」

「なにをです？」

「読者アンケート。葉書の方はまだだけど、我が社のサイトにＷＥＢアンケートがあってね。その現時点での集計結果」

新条がパソコンを操作してデータを呼び出す。

三月新刊。巫女は書架で謎を解く。「この本をどこで知りましたか？」「どんなところがよかったですか？」――各種項目の中から「ご購入のきっかけは？」を新条は開いた。「タイトルがよかった」「表紙イラストがよかった」「知人に薦められて」等々並んでいるなか「帯の文章がよかった」の項目にけっこうなポイントが入っていた。

「これって……」

「鹿島さんが考えたキャッチコピーを見て、興味を持ってくれたお客さんがいるってこと。それも大勢」

銀河はじっとその項目を見つめた。

「どう？　編集者っていい仕事だろう？」

「はい。本当に、素敵な仕事だと思います」

これが、銀河がなりたいものを見つけた、その瞬間だった。

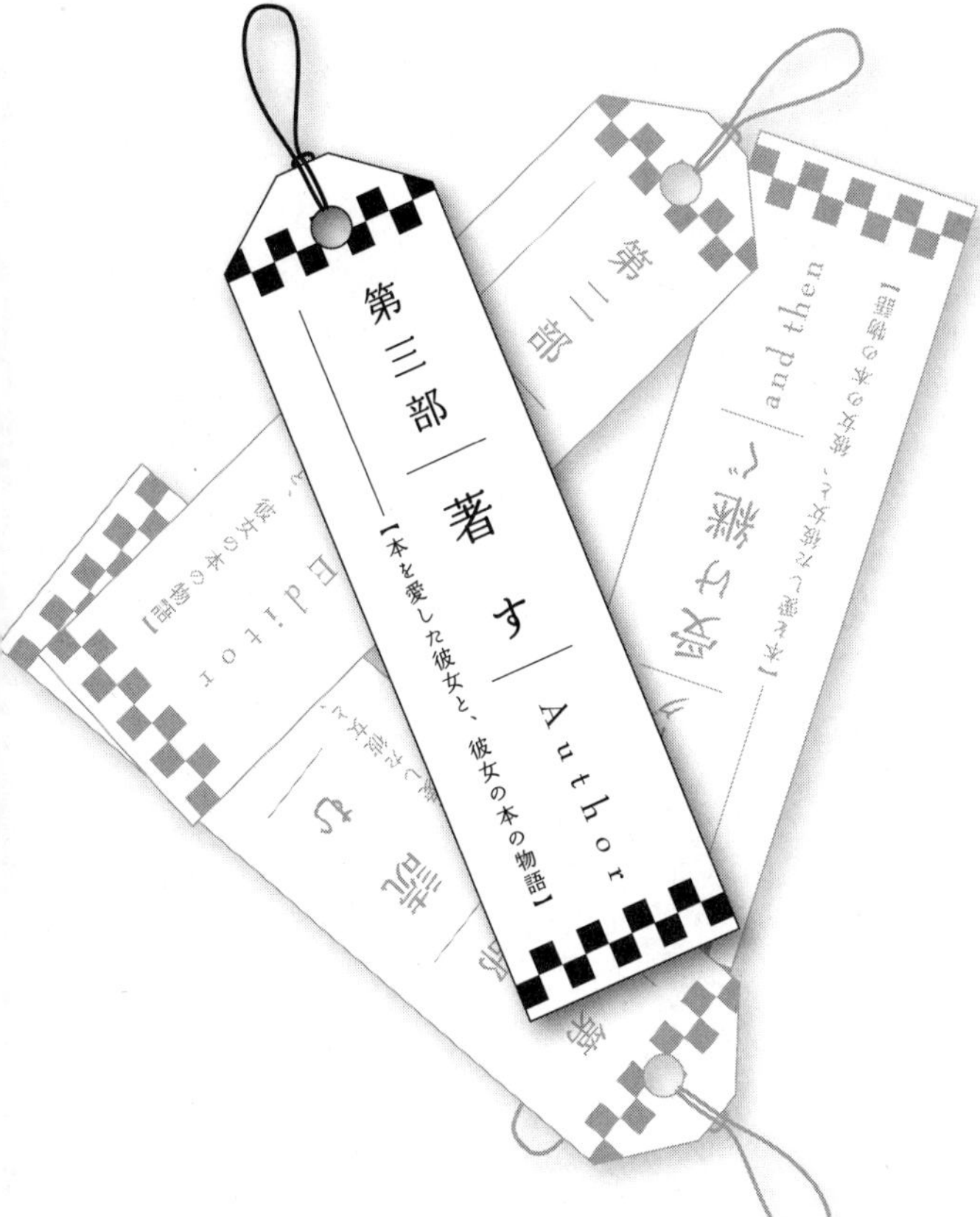
第三部
著す
Author
【本を愛した彼女と、彼女の本の物語】

1

新学期が始まった。

自分の将来を編集者と見定めた銀河は、これまで以上によく働いている。そんな銀河に新条も目をかけてくれて、近ごろは編集業務の初歩的なところを教えてくれるようになった。

大学の方にはなんの問題もない。

輝星との交際も順調——だったけど、一つ、小さな事件。いや、その予兆のようなものがあった。

「俺、免許取ったんだ」

久しぶりに会った輝星はそう言って得意げに笑い、銀河をドライブデートに誘った。

「車は？」

「叔父さんが貸してくれるって」

いくら親戚とはいえ、免許取り立てに車を貸して、ぶつけられる心配とかしないいんだろうか……というのは余計な心配か。

ともかくそんな経緯で、二人は次の休日にデートに行った。行き先は多摩の動物園。初心者マークの輝星は、借り物の車をおっかなびっくり走らせる。ちょっと格好悪いぞ、と僕は思ったのだが、銀河はそれも楽しんだようだった。

「ハンドル握ると気が大きくなる人ってよく聞くけど、輝星くんは逆だね。普段は強気なのに運転中は慎重」

「安全第一でいいだろ。乗り心地はいかがですか、お姫様」

「カリブの海賊」

「……それ、褒めてる？　褒めてない？」

「さあどっちでしょう。ふふふ」

動物園には昼前に着いた。銀河の手作り弁当を食べてから、園内を見て回る。

「輝星くん、速い」

長い坂道を歩きながら銀河は、少し前を行く輝星にそう言った。

「あ、悪い。何かこう、気持ちが先走っちゃって」

「動物園ではしゃぐとか子供みたい」

輝星が謝り、銀河が微笑む。

僕は違和感を覚えた。輝星の歩くペースはいつもと一緒だ。遅かったのは銀河の方だ。いつも銀河に持ち運ばれている僕は、彼女がいつ、どんな道をどんなペースで歩いていたか、把握している。本人も自覚しない程度の差が、分かる。

でもこのときはただ歩みが遅かっただけだ。息が上がったり、ましてや苦しそうだったりは全くなかった。だから僕も深くは考えなかった。

デートが終わって二人は帰途につく。

「楽しかったね」

「ああ。やっぱり車があるといいよなあ。好きなところにいけるし。あ、そうだ。そのうちまた車借りてさ、一緒にどこかの山に星を……」

輝星はフフッと微笑んだ。

銀河は輝星の言葉を聞かずに、助手席で寝てしまっていたのだ。

疲れが溜まっているのかな。僕はそう思った。実際、銀河は近ごろ忙しい。編集者になるため、少しでも現場で学ぼうとアルバイトの日を増やしたし、大学の方も二年になってあれこれとやることが増えている。

このとき気付いていれば——と思う。気付けたところで彼女に伝える術はないのだけれど。それでも、どうしようもないことを考えてしまう。後悔ってそういうものだろう？

「銀河、お願いがあるんだけど」

睦月が真剣な顔でそう言ったのは、四月の最終日のことだった。

数日前に睦月から銀河に「新作が書き上がった」という連絡があった。作品が完成したら新人賞に応募する前に、最初に銀河に読ませ、原稿を受け取るついでにどこかでお茶でもしていくのが、二人の間では高校生の頃からの習慣になっている。今回もいつもの喫茶店で待ち合わせをして、お茶とケーキを注文し、とりあえず、

「で、今回はどんな話？」

と銀河が訊ねたところ、睦月の冒頭の言葉が返ってきた。

「お願い？　借金の連帯保証人にはならないよ」

軽い冗談にしかし、睦月は笑わなかった。

「真面目な話？」

「真面目な話」

そう答える睦月は真剣さを通り越し、どこか追い詰められたような悲壮感さえあった。何かよからぬトラブルでも発生したのか。嫌な予感を覚える僕だったけど、そうではなかった。

「銀河、出版社でアルバイトしてるでしょ」

「ん」

「今回の作品をね、そこの編集の人に見てもらうことって、できないかな？」

「それは……」

銀河は眉を顰《ひそ》めた。

「お願い。何もコネでデビューさせてってことじゃなくて、プロの意見が欲しいの。書くには書いたけど、私、不安なの。本当にこのままやってて大丈夫なのかなって」

「睦月……」

高校生の頃からずっと、睦月は小説家になる夢を抱いて努力を続けてきた。数えるともう五年にもなる。にもかかわらずいまだにデビューできない。そのことで自信が揺らいできたのだ。

睦月はまだ二十歳にもなっていないのだから、焦る必要は全くない。むしろこの歳でプロになれるのはごく一部の天才だけだ。デビューできてなくて当然なのである。

しかし客観的にはそうであっても、本人にとってはそうではない。

何しろ五年もやっているのだし、大学も二年になれば「将来」はもはや遠い未来のことではない。周囲の人々が具体的な考えを持ち、一部は行動を始める（銀河などまさにそれだ）のを目の当たりにすれば焦りもするし不安にもなる。

そんな睦月の心情を慮ったか、銀河は小さくうなずいた。

「……頼んでは、みる」

「銀河！　ありがとう！」

「待って待って落ち着いて。頼んではみるけど、読んでもらえるかは分かんないよ。編集者ってみんな死ぬほど忙しいし、うちは基本的に持ち込みは受け付けてないし」

「うん。分かってる」

睦月はほっと息をついた。


週末、銀河はアルバイトのために出版社に向かった。

いつものようにタイムカードを押して挨拶をして、今日の仕事の指示を仰ぐ。

「今日は暇だね。あんまやることない」

「楽でいいですね」

と銀河は返したのだが、

「……今はね。後が怖いよ」

新条は暗い顔で呟く。今日締め切りのはずの原稿が上がらなかったのだそうだ。間に合わなかった作家は「明日までには必ず！」と言っているらしいが、さてどこまで当てにしていいものやら。まあ一日と言われたら三日はかかる。三日と言われたら一週間はかかる——と思っていると延ばした締め切りを迎える前にいきなり完成して送ってきたりもする。今後どうなるかは、なってみるまでさっぱり分からない。

しかし今現在は暇だ。睦月の原稿を読んでもらうチャンスと言える。

「新条さん、先日は車を貸してもらってありがとうございました」

「え？　あ、そっか輝星のやつと付き合ってるんだっけか。……あの馬鹿、助手席に人を乗せるのは運転に慣れてからにしろって言ったのに」

「大丈夫でしたよ。輝星くん、ハンドル握ると人が変わったみたいに慎重だったし」

「鹿島さんも就職までには免許取っておいた方がいいよ。普段の生活には必要なくても仕事で乗る機会はあるし。社会人になると教習所に通う時間が取れないから」

しばらくそんな雑談を続けてから、銀河は本題に入った。

「実はですね、新条さんに見てもらいたいものがあるんですけど……」

銀河が鞄からプリントアウトの束を出すと、新条はちょっと首を傾げた。

「原稿？　鹿島さんが書いたの？」

「いえ、友達が」

「本当に？　実は鹿島さんが書いたんじゃなくて？」

と新条はからかうように訊ねる。

「本当ですよ。こんなことで嘘ついてどうするんですか」

「まあそうなんだけど、なんか書いてそうな気がしたもんだから」

銀河は複雑な顔をした。

「それ友達にも言われたことがあるんですけど、あたし、作家みたいな顔をしてるんでしょうか？」

「顔で書くものじゃないと思うけど。で、実際どうなの？」

と新条はしつこい。これも暇だからか。

これはどうも逃げられそうにない、と銀河も観念したようだった。

「……一回だけ、挑戦したことはあります。高校生の頃。でもそれは途中で挫折して。それっきりです」

「どんなの書いてたの？」

「あたし、朝霧霞先生が大好きで、先生の初期作品に影響された中華ファンタジー……っていいじゃないですかあたしのことは！」

銀河は大きな声を出した。顔が赤い。あの未完の、タンスの奥に封印した書きかけの小説は、思い出すだに恥ずかしい若気の至りなのだ。そういえばあのノートは今どこにあるんだろう。結局捨てずに新居に運んだことは覚えているけど。

「それよりこの原稿を読んでくれるんですか？　持ち込みを受け付けてないのは分かってます。出版の打診じゃなく、プロの意見を聞きたいらしくて……。無理だったら無理でいいんですけど」

「貸して」

新条はあっさりそう言うと、銀河から睦月の原稿を受け取った。

「タイトルは未定か……」呟き、パラパラめくりながら、「これ、鹿島さんは読んだんだよね。どうだった？」

と訊ねてくる。

「あたしは面白かったと思います。けど、友達の書いたものだから……」

「まあ冷静な判断はできないよね。どうしたってひいき目が入る」

「はい」

「ちょうどいいし遅れてる原稿待ってる間に」

読もうかな、と続けようとしたところで、パソコンがメール着信のアラートを鳴らした。

「あー、来た来た」

「遅れてた原稿ですか？」

「そう。なんだよ間に合わないとか泣きついたくせにちゃんとできるじゃん」

愚痴っぽいことを嬉しそうな声で言いながら、新条は早速添付ファイルをダウンロードして、作家に受領のメールを返信する。

「これはとりあえず預かっておくよ」

新条は睦月の原稿を引き出しにしまいながらそう言った。

「本業優先だからいつ読めるかは分からないし、いつ返事をできるかも分からない。それでいい？」

「よろしくお願いします！」

銀河は深く頭を下げた。

「あ、それと。これ、どこかに応募済ってことはないよね？」

「そのはずですけど……後で聞いておきます」

「頼むね」

これはもしかしたらもしかするかも、と僕は思った。

この出版社では持ち込み原稿は受け付けないことになっているが、杓子《しゃくし》定規《じょうぎ》に規則を守るつもりは新条にはなさそうだ。出版に値するいい原稿が向こうから飛び込んできたならみすみす逃す手はない。他所へ応募したか確かめたのも、その証左と言えるだろう。

もしも睦月の作品が新条のお眼鏡に適《かな》えば、睦月はこの出版社からプロデビューすることになる。そうしたら担当が銀河……はさすがに無理か。まだアルバイトだし。でもそうなってくれたら、睦月はもちろん銀河も喜ぶだろう。僕も嬉しい。自慢して回りたい。する相手はどこにもいないけど。

以前、新条は発売日から売り上げ集計データが届くまでの間を「合格発表を待つような気持ち」と言った。

銀河に作品を預けてからの睦月も、似たような気持ちだっただろう。いや、必死さはこちらの方が強いかもしれない。

「読み終わったよ。感想を伝えるからこっちまで来てもらえるかな」

新条のその言葉を伝えると睦月は、

「よかったのかな？　悪かったのかな？　ねえ、銀河はどっちだと思った？　どんな顔して読んでた？」

と銀河に訊ねた。かなりうろたえていた。ここしばらくは創作活動はしていなかったはずなのに、目の下にはうっすら隈が浮かんでいて寝不足を感じさせる。緊張と不安で眠れずに過ごしていたのだろう。

「分かんないよ。新条さん編集部では読んでなかったし」

「……とにかく行くしかないか。まな板の上の鯉《こい》の気持ちで」

新条が時間を取ってくれたのは火曜の夜だった。銀河がアルバイトで入る日を選んだのは、偶然ではないだろう。

八時の約束なのに、睦月は七時半頃に現れた。早過ぎる。見るからにかっちんこっちんだった。

応対に出た銀河は睦月を応接ブースに通す。

「ごめん。新条さんは電話で打ち合わせ中。もうすぐ終わると思うから」

「も申し訳ありませんは早く来すぎてしまいまして」

「睦月、リラックスリラックス。あたし相手に敬語使ってどうするの」

「無理ぃ」

「だよね」

銀河は苦笑して一旦離れる。給湯室でコーヒーの用意をしていると、打ち合わせを終えた新条が銀河を見た。銀河はうなずいて新条の分もコーヒーを淹れ、応接ブースに向かう新条の後を追った。

「ははじめまして藤川睦月と申します！」

「や、どうも。新条です。どうぞ、おかけ下さい」

「失礼します！」

なんだか就職面接みたいだな——と思ってから、そうかけ離れていないと僕は気付いた。

「じゃあ、あたしは戻りますね」

銀河がそう言って編集部に戻ろうとすると、

「待って！」

睦月が腰を浮かせて叫んだ。それからうろたえつつも新条の方を向いて言う。

「銀河——鹿島さんにもいてもらっていいですか？」

「僕は別に構わないけれど。鹿島さん、仕事残ってる？」

「まだ少し」一度は正直に答えた銀河だったが、「でも急げばすぐ片付きます」

そう言い直したのは、親友のすがるような目に射られたからだろう。

「仕事はあとでいいから、鹿島さんもそっち座って」

銀河は睦月の隣に、保護者のように着席した。テーブルの下、睦月の震える手を上からそっと握ってやる。睦月の拳が少しだけ強張《こわば》りを解く。

「さて。読ませていただきました」

「は、はいっ」

「大変、完成度が高いと感じました。藤川さん、これが初めて書いた小説ではないですよね？」

「はい！　中学生の頃から小説家になりたいと思ってて、本格的に書き始めたのは高校に入ってからですけど。それからは完成するたび銀河に読んでもらって、意見もらって、」

食い気味に説明する睦月を「まあまあ落ち着いて」というように手で制して、

「うん。非常に書き慣れていると感じました。読みやすさにも十分に気が配られている。文章に関してはもうほとんどプロレベルだと思います。題材についてもよく勉強している。社会情勢、先端技術についての知識も豊富だしリアリティがある」

べた褒めだ。睦月と銀河は笑みを交わした。

ところが――

「ですが、これを当社で出版するかと言われたら、ノーです」

「えっ」

「……どうしてですか？」

絶句した睦月に代わって、銀河がそう訊ねた。

「文章が優れていることと、小説として優れていることは同じじゃない。優れた文章であることはもちろん大事なんだけど、それは十分条件ではない。この先は、うーん、ものすごく感覚的なことになるから、うまく伝わるか自信がないんだけど……。これを読んでて、藤川さんはとても頭のいい人だと感じました。勉強熱心で。でも読者はそうじゃないんですよ」

「難しすぎる、ってことですか？」

新条は首を軽く傾げた。言葉を探す。

「……方向が違う、かな？　読者は物語が読みたい、感動したいのであって、お勉強がしたいわけじゃない。そこがひとつ。もうひとつは、今言ったこととも重なるんだけど、熱がない」

「熱……ですか」

「賢すぎるんです。話も、文章も。冷静というか、技巧面が目立って、情熱が感じられない。ヒット作には必ず感じられるんですよ。作者の情熱。伝えたい思い。『俺はこれが好きなんだ！　お前らもこれを好きになれ！』って熱が。別に好きにならせるだけじゃなく、ホラーだったら『死ぬほど怖い話を聞かせてやる！』だし、ミステリだったら『すげえ謎を思いついたぞ解いてみろ』とかね。そういう熱がない」

「……」

ひゅ、と睦月は息を吸った。何か言おうとはしたのだろう。けれど言葉はなかった。

新条の話はあいまいすぎるような、けれど何となく分かるような。

「藤川さん、投稿歴長いんですよね。多分そのせいもあるんじゃないかな。落選する、もっとうまく書こうとする、勉強して文章を磨く……それを繰り返してるうちに、面白い物語を書くことではなく、他の人よりも秀でることに主眼がいってしまったのかな、とそう感じました。以上です」

「……」

睦月はうなだれて返事もできない。隣の銀河もかける言葉を見つけられずにいた。

机の上では飲まれずにいたコーヒーが冷めていく。

新条はしばらく睦月の様子を見ていたが、やがて諦めたように椅子を引いた。と、

「……れば」

消え入りそうな、睦月の声。

「はい?」

「どうすれば、いいんでしょうか」

「知りません。それはあなた自身で見つけることです」

即答。突き放すような。

睦月の顔が青ざめる。

「新条さん」

銀河に咎められて、新条も冷たすぎだと思ったのだろう、付け足す。

「……藤川さん、ピーターラビットはお好きですか?」

「え? ……はい。実家に絵本がありますけど……?」

「世界的ベストセラーですね。知らない人はほとんどいない。あれは元々、たった一人の男の子のために書かれたお話だそうですよ」

唐突な話に睦月は面食らっていた。冷静であれば新条の言いたいことも理解できただろうけど、今は無理だ。

今度こそ新条は席を立つ。

新条が仕事に戻るなら銀河も戻らなければいけない。慌てて立ち上がった銀河だったが、それを新条が制した。

「鹿島さん、今日はもう上がっていいよ」

「でもまだ仕事が」

「いいから」

と言って、新条はまだうなだれている睦月を見やった。

銀河は新条に目礼をして、睦月の隣に座り直した。

銀河がその手を握ってやると、睦月は俯いたまま、静かに涙を落とすのだった。

2

銀河は週に二回は本屋に行く。

どのレーベルも新刊の発売日は月に一度だ。月頭か月末、月半ば頃に発売するレーベルもいくらかあるけど、月に三回行けば全ての新刊をチェックできる。月末と月頭の間隔は短いから、そこをまとめてしまえば月二回で済む。

三日にあげず通ったところで品揃《ぞろ》えは変わっていない。それが分かっているのに、通う。意味はないのに、そうしてしまう。これは睦月も同じで、きっと、重度の本読みの性分みたいなものなんだろう。

発売日でもないに本屋に行って、品揃えの変わらない棚を眺めて、気分次第で何か買うこともあるけど、だいたいはそのまま帰る。変化のないことを確かめることが目的みたいに。

でも。

何も変わってないように見えて、書店の棚は少しずつ新陳代謝を繰り返している。平積みされていた新刊が棚に移動し、棚に並んでいた本が什器《じゅうき》の下の在庫置き場に移動して、客の目につかないところで返本されて。あるいは普通に完売して。空いたスペースには別の本が入ってくる。

繰り返される変化は小さすぎて一見代わり映えがしないように思える。けれどふとしたときに気がつくのだ。棚の本があらかた入れ替わっていることに。

それは人生に似ていると、僕は思う。

代わり映えのない日常を繰り返し、毎日が同じに見えて。

けれど気付いたときには全てが違ってしまっている。

いいことも——悪いことも。

「叔父さん、そんなこと言ったのか……」

睦月が編集部に行ってからしばらく後。

銀河は輝星と大学の食堂で昼食を共にして、あのときのことを話した。

「少しは言い方に気を配ればいいのに。かわいそうになあ」

と輝星はため息をついた。

「で、藤川さんは？」

「ちょっと泣いたけど、その後『はっきり言ってもらって助かった。自分の問題が明確になった』って笑ってた」

「……空元気だろうな」

「うん」

あの日の発言を要約すれば「あなたの作品は技術をひけらかすばかりで感動しない」になる。賢い睦月がそれを読み取れなかったはずもなく、受けたショックはどれほどのものだろう。

創作とは表現である。表現とは自分をさらけ出すことだ。それを根底から否定された。ニコニコ笑っていられるわけがない。

「心配だったからちょくちょく連絡は入れてるんだけど、電話もＳＮＳも生返事ばっかりで、楽しみにしてた新刊の発売日も忘れてたし」

銀河はふうっとため息をついた。

「何とか元気づけたいんだけど……」

何かいい方法はないかな？　と相談しているつもりだったのだろう。

ところが輝星の返事は冷たいものだった。

「ほっとくしかないんじゃないか」

「そんな⁉」

「だってそうだろ。叔父さんは確かに容赦なかったかもしれないけど、反論もできずに打ちのめされたのは、藤川さんも身に覚えがあったからだろう。図星を指された。目を背けていた部分を暴かれたんだ。そういうのは、他人に慰められたからってどうにもならない。自分で解決するしかないんだ。自分の『夢』なら尚更《なおさら》さ」

ぶっきらぼうな言葉には、しかし強い確信があった。輝星にも昔、似たようなことがあったに違いない。

「でも……」

「何も才能がないとか小説家になるなとか言われたわけじゃないんだろ？　『今のままじゃ無理』だって言われただけで。逆に考えれば、一つ殻を破れば無理じゃなくなるってことだ」

「そう、かなあ……」

「銀河が友達のために何かしたいと思うのは分かるよ。でも、信じて待つのが最善だと、俺は思う」

そのとおりだと僕も思った。睦月は今、自分を見つめ直さなくてはいけないのだ。それは表現者になるために、決して避けては通れない関門なのだから。


八月。

お盆休みを前に編集部は殺気立っていた。

銀河は大学が夏休みになると同時に週五日勤務のシフトに移っていて、労働時間も増えた。初めのうちは空き時間に新条から編集のイロハを教わっていたのだけど、今ではもうそんな余裕はどこにもない。

「コピーまだ？」

「今終わりました！」

「悪いけど犬山先生のところに著者校届けてきてくれる？」

「はいっ！」

「あと帰りに栄養ドリンク買ってきて。十本ぐらい」

「いつものやつですね！」

封筒を受け取って編集部を飛び出す。電車を乗り継ぎ作家の仕事場へ。

「悪かったね。今日中に受け取っておかないと作業時間がやばくて……」

「いえいえ、これも仕事ですから」

著者校を受け取った犬山は銀河の顔を少し眺めて、

「ちょっと顔色悪いね。疲れが溜まってるんじゃない？」

「そうですか？」

と銀河は頬に手を当てた。

「暑いから無理は禁物だよ。って無理させてる側が言うのもあれだけど」

「ありがとうございます。気をつけます」

著者校を渡し、挨拶もそこそこに編集部に蜻蛉《とんぼ》帰り。一息つく暇もなくキャンペーン用の販促グッズの発送作業にかかる。それも終わらないうちに次の仕事を言いつけられる。

目の回るような、嵐のような忙しさが毎日続く。残業残業また残業。

ようやく全ての仕事に目処《めど》がついたのは、お盆休みの前日のことだった。

「コーヒーちょうだい。とびきり熱くて苦い奴」

銀河が給湯室で湯飲みを洗っていると、印刷所から戻ってきた新条が疲れた声でそう言った。

「お疲れ様です。間に合いました？」

「まあ何とか。……すっげえ嫌味言われたけど」

「それはお疲れ様です」

銀河が注文通りの熱々濃厚コーヒーを淹れると、新条は音を立てて啜《すす》った。

「あー、効くー。鹿島さんもお疲れ様」

「話には聞いてましたけど、本当に急がしいですねこの時期」

「でもまあそれも今日で終わりだ。明日からは連休。スマホの電源切って家にこもって死ぬほど寝てやる。活字なんか絶対読まないぞ」

「そんなこと言って何かしら読むくせに」

「まあね。仕事ばっかりで何もインプットしないと、感性がどんどん鈍っていくからなあ。……鹿島さんは？」

「お盆ですか？　ちょっとキャンプに」

「輝星と？　また車貸す？」

「いえ、今回はレンタカーで行きます。一泊する予定なので、テントとか積んでいくとあの車じゃ小さいので」

「お泊まりキャンプかあ。ラブラブだねえ」

「ラブラブって古いですよ。感性鈍ってますよ」

「ううっ。若い子がいじめるっ」

ふざけて笑った新条が、ふと真面目な顔をした。

「輝星のことよろしく頼むな。あいつ不器用で奥手だから、リードしてやって」

「輝星くん、ああ見えて頼れますよ？」

「惚気ちゃってまあ。輝星のやつ、今度会ったらいじめてやるっ」

「そしたらあたし、怒りますから」

「はいはいごちそうさま」

コーヒーを飲み干して逃げるように仕事に戻る新条。

銀河は、「男の人って幾つになっても子供みたい……」なんて悟ったことを言いながら、カップを洗うのだった。


お盆休みがやってきた。

どうやら雲の上には盆も休みもないらしく、太陽は今日もフルパワーで操業中。この夏一番の暑さをまたしても更新しそうな気配だ。

銀河はキャンプ荷物に僕を含めた数冊の本を入れた。読む暇なんてあるのかなあ、あったとしても輝星をほっといて読書してていいのか？　といらぬ心配をする僕。

「行ってきます！」

と銀河は弾んだ声を上げて家を出た。日差しも熱気も何のその。軽い足取りで駅へと向かい、電車を使って輝星のアパートへと向かう。一緒にレンタカーを借りに行き、そのままキャンプ場へ向かう予定になっていた。

大学最寄りの駅で降りたところで、銀河は輝星に連絡を入れた。

『ちゃんと起きてる？』

『当たり前だ。そっちこそ迷子になるなよ』

他愛もないやりとり。輝星のアパートまでは歩いて十五分ほどだ。

額の汗をぬぐい、重たいリュックをよいしょと背負い直して、銀河は歩き出した。気持ちが浮き立つのだろう。ハイペースで進んでいく。

行く手に輝星のアパートが見えた。二階の一室の窓が開いていて、輝星が身を乗り出すようにして通りを眺めている。いかにも待ちわびているその様子に、銀河はフフッ、と微笑んだ。

輝星がこちらに気付いて手を振った。

銀河も手を振り返し、アパートに向かって歩を進める。

通りを渡ってアパートの敷地《しきち》に入ろうとしたそのときだった。

突然、銀河の鼓動が跳ね上がった。

「くっ！」

短くうめくと、銀河は崩れるように膝をついた。胸を押さえ、そのまま横向きに倒れる。

「……っ、ぁ」

銀河は立ち上がれない。焼けたアスファルトの上で身体を丸めて苦しんでいる。

すぐには何が起こったのか分からなかった。

「銀河！」

輝星が叫ぶ。その姿が窓から引っ込み、ほどなくサンダルを突っかけてアパートの階段を駆け下りてくる。

「銀河！　どうした！」

熱射病を疑ったのだろう、輝星は銀河を抱え上げて日陰へと移動させる。

「……輝せ……胸……っく！」

「胸⁉　あっ！」

聞き返して、異変の正体に輝星も気付く。

発作だ。ずっと息を潜めていた病が、銀河に牙を剥《む》いたのだ。

「救急車」

部屋にとって返そうとして、戻らなくても銀河がスマートフォンを持っていることに思い至ってリュックを漁《あさ》る。スマートフォンを見つけて一一九番。

「急患です！　心臓発作！　すぐ来て下さい！」

輝星が住所と、銀河が過去に心臓の手術を受けていることを告げる。

そうこうしている間に銀河が意識を失った。

「銀河！　え？　今路上なのでＡＥＤは……は、はいっ！」

オペレーターに指示されながら輝星が心臓マッサージと人工呼吸を始める。

くそっ！　僕は自分を罵った。本である自分の身の上を呪った。こんな大事なときに、ただ見守る以外に何もできないだなんて。頼れるのは輝星だけだ。頼む。銀河を助けてくれ。救急車はまだか。まだなのか。

気の遠くなるような時間が過ぎて――実際には五分と経っていなかった――救急車のサイレンが聞こえてきた。

輝星は心臓マッサージを続けながら「ここです！」と叫んだ。全身汗びっしょりだ。救急車がアパートの駐車場に入ってくる。すぐさま下りてきた救急隊員たちが銀河をストレッチャーに乗せ、車内へ運び込む。輝星も一緒に乗り込んで、救急車は走り出した。

サイレンが遠ざかっていくのを、僕はアパートの駐車場で聞いていた。輝星が荷物のことにまで気が回らなかったので、放置されてしまったのだ。

朝には日陰だった場所も、昼には直射日光が当たるようになった。リュックの中にいても暑い。リュックが投げ出されたときに斜めになってしまったので、僕は他の荷物に押されて変な具合に曲がっている。けれど僕は、自分が傷むことなど考えてもいなかった。ひたすらに銀河の身を案じていた。

銀河の病は、命に関わるような症状ではなかったはずだ。けれどそれは五年も前の話だ。それだけあれば人間は成長する。症状だって変化する。いつまでも同じではない。ずっと普通に、元気に過ごしていたから、みんな油断していたのだ。「あれはもう終わったことだ」と。

でもそんなことはなかった。病は深く潜伏して、誰にも気付かれないように少しずつ、銀河を蝕《むしば》んでいたのだろう。

ほとんど何も考えられないまま、時間だけが過ぎていく。

日が傾き、沈み――それでも銀河も輝星も戻ってこなかった。

通りかかった人がリュックを見つけ、拾い上げる。僕は盗まれるのではないかとハラハラしたけど、その人はリュックをアパートの階段へと移動させただけだった。

輝星が戻ってきたのは、夏の長い陽が完全に落ち、さらに数時間してからだった。

サンダル履きで財布も持たずに救急車に乗った輝星は、銀河の父親の車で戻ってきた。病院から銀河の家に連絡がいって、両親が病院に駆けつけ、そこで輝星と会って話を聞いたのだろう。

車を降りた輝星は僕が入ったリュックを見つけ、銀河の父親に渡した。

「……すみませんでした」

「君のせいではないと言っただろう」

輝星は俯いていた。輝星も父親も憔悴《しょうすい》しきっている。

二人の会話はそれだけで、銀河がどうなったのかはまったく分からなかった。

最悪のケースが意識に上りそうになるのを、僕は無理矢理打ち消した。

銀河の父親はリュックを助手席に積んで自宅に戻った。自宅に母親はいなかった。

病院に詰めているのだろう。

父親は弁当箱だけキッチンで出して、僕を含めた残りの荷物はそのまま銀河の部屋に置いた。その顔には一切の表情がなかった。事実を受け止められずにいるのだ――僕と同じく。


真夜中、自宅の電話が鳴った。父親が出たのだろう、ぼそぼそした声が聞こえてきたが、内容までは聞き取れない。

銀河の部屋のカーテンは開けられたままで、夜空に無数の星が瞬《また》いていた。

ふと、気がつく。

こんなふうに銀河と離れて、僕だけで夜を過ごすのは初めてのことだ。

銀河が机に向かって勉強をする音や、本のページをめくる音。ベッドに入った銀河の寝息や、意味不明な寝言。いつもなら聞こえるそれらの音が一切ない部屋は、僕をたまらなく不安にさせた。

もう二度と彼女に会えないのではないか。

以前にも同じような思いを抱いたことがある。あのときは僕が古書店で廃棄処分されそうになっていた。今は逆だ。銀河が僕より先にこの世から消えてしまう可能性があることに、僕は気付かされたのだった。

　それはたまらなく恐ろしいことだった。銀河がいなくなること――銀河がいなくなっても、僕がこの世界に残り続けること。もしそうなったら……僕はそれ以上考えることを拒否した。

　翌朝早く、父親は出かけた。

　昼頃、入れ替わるように母親が帰ってきた。銀河は一緒ではなかった。またしてもけれど。

　嫌な予感がよぎる。

　帰宅した母親は銀河の部屋に入ると、タンスを開けて着替えの用意をし始めた。

　銀河の着替えが必要――その意味を理解すると僕の心は歓喜に震えた。

　銀河は生きている！

　そうと分かれば現金なもので、僕はさっきまでの不安をけろっと忘れ、すぐにでも銀河に会いたくなった。着替えを持っていくからには入院するのだろう。入院中の暇つぶしといえば読書。銀河がベッドで本を読まないはずがない。僕の出番だ。……と張り切ったのだけれど、母親は着替えだけを持って銀河の部屋から出て行ってしまった。

後から知ったこと——救急搬送された銀河は六時間にも及ぶ大手術を受けて、成功したのだけど、このときはまだ昏睡《こんすい》状態にあった。銀河が意識を取り戻したのは翌々日で、その後もしばらくは面会謝絶で集中治療室から一歩も出られず、歩くどころか本を読むことすらできずにいたらしい。

手術から十日ほど経った日。銀河の母親が、銀河の部屋に入ってきたとき、僕は「身の回りのものを取りに来たのだろう」ぐらいに思っていた。

ところが母親はまっすぐに本棚に向かい、メモを片手に本を抜き出し始めた。抜き取った本を机の上に重ね、それからキョロキョロと部屋の中を見回す。盆休み以来放置されていたリュックを見つけて検め、僕を取り出す。

僕はたちまち色めき立った。これは銀河の注文だ。意識を取り戻した銀河が、本を読みたいと言ったに違いない。

よかった。

容態が分からず、ずっと不安だったのだ。本の僕に説明してくれる人なんていなかったし。まだ詳しいことは分からないけれど、銀河は少なくとも本が読める程度には回復したのだ。そのことに僕は心底安堵し、久しぶりに銀河に会える喜びに胸を躍らせた。

母親は僕を他の本と一緒に紙袋に入れ、病院へと向かった。

銀河が入院しているのは、五年前とは違う病院だった。入院棟だけでも三棟もある、ものすごく大きな病院だ。

銀河の病室は、一番奥の病棟にあった。五階の個室。

「あ、持ってきてくれた？　ありがとう」

母親が病室に入ると、銀河は華やいだ声を上げた。その笑顔を見ただけで、僕は泣きそうな気分になってしまった。銀河だ。誰より大切な、僕の銀河。

発作なんてなかったかのように朗らかな表情で、けれど彼女はベッドに横になっていた。枕から頭を離そうともしない――できない、のだろう。生死の境をさまよった大手術から、まだ十日しか経っていないのだから。

それでも彼女の表情は明るかった。きっとすぐによくなる。

「ごめんね、探したんだけど全部は見つからなくて」

母親がメモを見ながら、見つけられなかった数冊のタイトルを挙げる。

「睦月に貸しっぱなしになってるかな？　いいよ別に。どれも一回読んだ本だし」

銀河はそう答えながら手を伸ばし、まずは僕を手に取った。革のカバーを撫でて

「うん」とうなずく。

久しぶりに読んでもらえるかも、と僕は期待したのだけれど、銀河は僕を枕元に置くと、別の本――キャンプに行く前に読みかけだった本を開いたのだった。残念。

それでもまあ、僕は満足だった。銀河は思ったより元気そうだったし、彼女が目を輝かせて読書にふける様をまた見られたたし。なんだかんだ言って、銀河の蔵書で一番繰り返し読まれているのはこの僕なのだ。今更他の本を優先されたからって嫉妬なんてしない。ほ、本当だぞ！

最悪の危機は脱した。後はじっくり身体を治すだけだ。

もう何も悪いことは起こらない。

このとき僕は、なんの疑いもなくそう信じていた。

3

面会が可能になると、すぐに輝星が見舞いにやってきた。

「銀河！」

病室のドアを開け、銀河の顔を見るなり大声を出した輝星は、ここが病院だと思い出して首をすくめた。それを見た銀河はクスクス笑う。

後ろ手に、必要以上に静かにドアを閉めてから、輝星は銀河のベッドへ歩み寄る。

「よかった……」

輝星は腰が抜けたかのように、丸椅子に座り込んだ。

しみじみ呟く声には心からの安堵が感じられた。僕と同じくらいに、銀河のことを心配していたのだろう。

「……あのときは本当にどうしようかと思ったよ」

「救急車呼んでくれたの、輝星くんだよね。ありがとう」

「いや、俺がもっとてきぱき動けてたら、こんなに大事にはならなかっただろうし。それ以前にキャンプになんか誘わなければ……」

「それは違うよ輝星くん。あたしが倒れたのはキャンプに行く前だったし、もしあのとき一人だったら、あとちょっとでも病院に着くのが遅れていたら危なかったって先生が言ってた。輝星くんがいてくれたから、あたしは今ここにいる。生きてる。感謝はしても責めることなんて何もないよ」

「銀河……」

輝星は長いため息をついた。

銀河は横になったまま、手を輝星へと伸ばした。届かない。

「輝星くん、手」

「ん」

輝星が手を伸ばす。銀河が輝星の手を摑むと、輝星は銀河の手を両手で包んだ。

「あったかい」

「銀河の手が冷たいんだよ」

「クールビューティー鹿島と呼んで」

「なんだよそれ。リングネーム？」

輝星は笑った。銀河も笑った。

「入院、いつまで？」

「けっこうかかるみたい。再手術が必要なんだって」

「再手術？」

「うん。この間のは応急処置みたいなものなんだって。だから改めてナントカ弁？をきちんと手術しないとダメで、そのための準備を今、やってるところ。一、二ヶ月はかかるかもって」

「長いな」

「輝星くんだったら退屈で死んじゃうね」

銀河が「死」を口にしたので僕はどきりとした。

「見舞いに来るよ。毎日」

「ありがとう。でも無理しないで。というか会えないと思う」

輝星が首を傾げた。

「しばらくは面会に制限かかる。人と話すのってけっこう体力使うから」

「あれ、じゃあ来ない方がよかったのか……」

「そんなわけないでしょ、ばか。来てくれて嬉しいに決まってるよ」

銀河がベッドではにかむ。

「ところでお見舞いに来るのに手ぶらなのは、いかがなものかと思うんですけど？」

「あ、ごめん。気が利かなくて」

輝星はバツが悪そうに首の後ろを掻いた。

「次は何か持ってくるよ。それで許して」

「やだ。許さない。今すぐちょうだい」

お姫様のわがままに輝星はすぐに白旗を揚げた。

「分かった。何が欲しい？　すぐ買ってくるよ」

そう言って輝星は椅子から立ち上がろうとする。そのシャツの袖を、銀河は摑んで引き留める。

「銀河？」

「ん」

銀河がベッドに寝たまま軽く唇を突き出す。

輝星はちら、とドアの方を振り返って、誰も入ってこないのを確認してから、麗しの姫に口づけをした。

九月も終わりが見えてきた。

入院からは一ヶ月半近くが過ぎ、銀河の体力はかなり回復していた。もうトイレに行くのに誰かの手を借りる必要はない。絶対安静も解かれていて、面会にも制限がなくなった。手術に備えて体力をつけるようにと、医者からは指示されている。

その手術の日取りはまだ決まっていない。時々検査をしては「うーんまだちょっと数値がよくないかな」なんて言われている。

「早く元気になりたいんですけど」

と銀河は医者に文句を言った。

返事は決まって「焦るとかえって長引くよ」で、銀河は毎回頬を膨らませた。

銀河の焦りの原因の一つに、夏休みの残りの期間、出版社のアルバイトにいけなくなったことがある。

ちょうど面会謝絶が終わった頃、以前銀河が帯のキャッチコピーを担当した『巫女は書架で謎を解く』の二巻の原稿が上がっていたのだ。

しばらく入院するのでアルバイトにいけないという連絡を入れた際、銀河は二巻のことを聞かされてものすごく悔しがった。

「倒れなかったら読めたのに！」

一巻のコピーは作者も褒めていたようで、二巻からは銀河も編集の手伝いを——これまでのような雑用ではなく、もっと踏み込んだ仕事をさせてもらえるはずだったのに、倒れて入院したせいでできなくなってしまったのだ。

そうした小さな事件がありはしたけど、入院生活そのものは非常に穏やかだった。

朝起きて、院内を散歩して、食事の後は昼まで読書。午後からは親か輝星が面会に来れば雑談など。誰も来なければ昼寝をして、夕方にまた散歩。夕食後は消灯時間まで読書。毎日が判で押したように同じだ。違うのは読んでいる本くらい。

手術後は発作も体調不良も特になく、病気で入院中であることを忘れそうなほど。

それはとても安らかな、平穏な日常だった。

まるで百年前からそうしていたような。百年後も続いていそうな。

無論、錯覚だ。この世の中に永遠なんてものはない。

九月中にはもうひとつ、事件があった。


「なんで教えてくれなかったの」

予告もなしに病室に現れた睦月は、そう言って銀河を軽く睨み付けた。

「お母さんに言われて、私、めちゃくちゃびっくりしたんだから」

「心臓止まりそうなくらい？」

「そういう冗談はやめて」

銀河の返しに睦月は不快感をあらわにした。さすがにブラックジョークが過ぎたと思ったのか、銀河も「ごめん」と謝る。

「あ、ううん、私もごめん。文句言いに来たんじゃないのに」

と睦月も謝る。

銀河は入院したことを睦月に告げていなかった。では何で睦月がこのことを知ったかというと、銀河の母親経由らしい。

以前、銀河は母親に自室の本を持ってきてくれるように頼んだ。その本は見当たらず、銀河は「睦月に貸しっぱなしにしてるかも」と言った。この時点で銀河は、見つからなかった本のことは忘れていた。再読しようと思ったけどないなら別にいいや、ぐらいの感覚だったはずだ。

けれど母親としては、病床の娘の頼みを適当にはできない。銀河のためになんとしても見つけ出さなくては！　と考えたのだろう。それで睦月に連絡を取り、貸してる本を返してくれないかと頼んだ。当然、その流れで入院していることも説明した。

睦月にとっては寝耳に水だ。入院のことも、手術のことも。

「最初は話そうと思ったし、睦月がいてくれたらすごく心強いだろうなって思ったんだけど……。睦月は春からスランプみたいになってたし。こんなことでわずらわせるのはどうかなって」

「こんなことじゃないでしょ」

また怒って。いや、これは叱っているのか。

「気遣いの方向がおかしいよ。私は銀河の親友だよ。腹心の友だよ。遠慮なんかしないで頼っていいんだよ」

「うん。そうだね。ごめん……じゃない、ありがとう。じゃあさ、早速だけどお使い頼まれてくれない？　欲しい本けっこうあるんだ。今じゃなくて、次に来るとき持ってきてくれればいいから」

「そう来るのか。まあそれでこそ銀河だけど」

睦月はフフッと笑ってから訊ねた。

「それであの、大丈夫……なんだよね？」

「寝てるのが嫌になるくらいには元気。ただ、今のままだとまた発作が起きるかもしれないから、また手術するんだって」

「そうなんだ……」

「深刻になるようなものじゃないよ。大丈夫。体力もどんどん戻ってるし。もうすぐ手術できるはず。さっさと元気になってアルバイト行かなきゃ」

「編集者になるんだもんね」

「ん。編集って本当に素敵な仕事。『これ面白い！』って思った話を本にして、みんなに読んでもらえるんだもん。あたしはまだアルバイトだから、ただの手伝いしかしてないんだけど、いつか自分が担当した本をベストセラーにしたい。そのためには病気になんか負けていられないいんだ」

「就職の前に大学の心配もね。だいぶ休むことになるんでしょ」

「そっちはまあ、やばそうになったらスーパー家庭教師の睦月先生お願いしますってことで」

「任せなさい。ビシバシ教えてあげる」

「お手柔らかにお願いします」

「それは銀河の心がけ次第かなあ」

「ところで睦月の方はどう？　書いてる？」

「それがうまく行かなくて……」

「そっか。まあそのうち書けるようになるよ」

「なるのかな……」

「なるよ。絶対になる。睦月は売れっ子作家になる」

「銀河がそう言うなら、信じてみようかな」

まるで高校時代に戻ったみたいな、二人の笑顔だった。

病気はいいことではないけれど、そのおかげで、春以来二人の間にあった沈鬱な空気がなくなったことは、喜んでもいいと思う。

九月が終わり、大学は後期の授業が始まった。

銀河の入院は二ヶ月目に突入。病室には輝星と睦月が買ってくる大量の本が積まれ、読み終わった本は銀河の自宅へ運ばれ、空いたスペースにまた新しい本が買い込まれてくる。

回復は、僕が見る限りは順調だ。けれどそれとは裏腹に、主治医は難しそうな顔をすることが多くなった。予定ではそろそろ手術の話が具体的になるはずなのだけど、そんな気配もない。

これはちょっとおかしいのではないか——僕がそんなふうに思い始めた矢先、二度目の発作が銀河を襲った。

すぐに処置が行われて大事には至らなかった。

だがしかし。

二度目の発作は状況をがらりと変えた。

いや、そう思うのは僕や銀河が詳しいことを知らなかったせいだ。主治医は驚いていなかったし、両親もそうだった。彼らにとってこれは、予想の範囲内のことだったのだ。

振り返ってみれば怪しいそぶりはいくつもあった。手術の予定をはぐらかす病院側。娘が回復していってるはずなのに、どこか陰があった両親の表情。

僕ら以外は分かっていたのだ。銀河の心臓が、本人が思っているよりはるかに弱っていることを。言えば銀河にショックを与え、回復に悪影響があるという判断だったのだろう。

だが、もう隠し通すことはできなくなった。

二度目の発作から二週間が過ぎ、銀河の体調がそう悪くないと言える程度になった頃、病室に主治医と両親が揃ってやってきた。

「大事なお話があります」

そう切り出した主治医の声。その後ろに並んだ両親の沈鬱な表情。

銀河の頬がこわばる。

主治医は感情を殺した声で、淡々と説明した。

今回はたまたま軽く済んだが、次に大きな発作が起きたら、助かる見込みはほとんどない。

「じゃあ、早く手術をしないと……」

そう訴える銀河に、主治医は静かに首を振る。

「いえ、手術はしない方がいいと考えております」

「え？」

「銀河さんの心臓の組織は、かなり脆《もろ》いんです。それで我々は慎重に手術の可能性を探っていたのですが、二度目の発作で状態がさらに悪化しました。もはや手術に耐えられる状態ではなくなってしまった」

きちんとした手術をしなければまた大きな発作が起こる。

けれど銀河の心臓は、もう手術ができないほどに悪化してしまった。

「つまり、……どうしようもないってこと？」

「残念ながら」

銀河は両親の方を見た。両親は小さくうなずいた。彼らは事前に何度も説明をされたのだろう。

「そんな……」呻《うめ》き「あの、あたし、編集者になりたいんですけど。それは……」

「難しいと思います」

「普通の生活を送るのは無理だから？」

「それもありますが……」

主治医は言葉を濁す。銀河は察した。

「それまで……卒業して就職するまで保たないんですね……」

「なんとか治療できないかと、ずっと検討を続けてきたのですが……」

「どのくらい、保つんですか？」

「何とも言えません。明日突然大きな発作が起きてもおかしくない。そんな状態です」

「……」

「申し訳ありません」

主治医は立ち上がって頭を下げる。

それは敗北宣言であり、死の宣告であった。

「銀河」

母親が呼びかけた。呼びかけはしたが、次の言葉が見つけられない。

「……一人にして」

感情の完全に抜け落ちた、銀河の言葉だった。


僕は銀河と初めて会った頃のことを思い出した。

あの頃、銀河は荒れていた。やさぐれていて、怒っていた。突然の入院に。走る喜びを奪われたことに。

そして今、銀河は夢を奪われた。それだけではない。今度は命も奪われるのだ。あのときとは比べものにならない不幸に見舞われたのだ。

荒れないはずがない。親だけではなく医者や看護師にも当たり散らし、果ては自分自身すら傷つけてしまうのではないかと、僕は心配した。

けれどそうはならなかった。

そうなってくれた方が、まだよかったのかもしれない。

銀河は抜け殻になってしまった。

日がな一日ベッドに横になり、本当に何もせず、寝ているだけで一日を過ごすようになったのだ。病室に積まれたたくさんの本――未読の本も読みかけの本もあったのに――それらを開こうともしなくなった。

看護師の言うことは聞く。食事はきちんと取っている。でもそれはものすごく機械的な、意思のない人形みたいだった。

二度目の発作は銀河の心臓に多大なダメージを与えた。体力が目に見えて落ちた。

でも、それだけが理由ではないだろう。

夢を奪われ、銀河は生きる意味を失ってしまったのだ。

輝星や睦月がお見舞いに来てあれこれと励ましたけど、どんな言葉も銀河の目に光を取り戻させることはできなかった。

もうずっとこのままなのだろうか。銀河は二度と笑わないんだろうか。夢を奪われた絶望のまま、死んでしまうしかないんだろうか。

そんなことは断じてあってはならない。僕はそう、強く憤った。

銀河の夢を取り戻させてやりたい。銀河の人生を取り返してやりたい。

けれど現実に何ができただろう。僕は医者ではない。人間ですらないただの本なのだ。声をかけて励ますことすらできないのだ。

これまで何度も感じた無力感だけど、今度のそれは桁違いに大きかった。

ああ、神様。

僕の大切な銀河に、たった一つでいい、小さくていい、どうか奇跡をお与え下さい。


ある月のない晩のことだった。

真夜中に銀河は目を覚まし、トイレに行った。それだけのことでも、今の銀河には大きな負担だった。老人のようなじれったい足取り。心臓の具合はいよいよ悪い。

病室から目と鼻の先のトイレまで、たっぷり十五分はかかった。

息が上がり、すぐにでも横になった方がいいのに、銀河はそうしなかった。

スリッパを引きずってベッドを回り込み、窓を開けた。深夜の冷たい風がごう、と流れ込んできて、入院中に伸びた髪をなぶった。

銀河は身を乗り出し、地上を見る。即座に僕は不吉な連想を働かせた。夢を絶たれ、絶望の中、この胸の、いつ爆発するか分からない時限爆弾に怯《おび》えて生きるよりは、いっそここですっぱりケリをつけてしまった方がいいのではないか——重症患者なら一度は考えるであろう死の誘いが、銀河を手招きしている。

けれどここは病院だ。そうした患者はこれまでに大勢いたことだろう。だから病室の窓という窓には全て、転落防止の対策がなされている。子供が頭を挟むこともないように考えられた、隙間の細い格子が、銀河の眼前にあった。

銀河は両手で格子をつかみ、体重を預けて、しばらく地上の闇を見つめていた。どれくらいそうしていただろう。

一段と強い夜風が吹き付けて、銀河は目を閉じた。彼女の背後で、風に煽《あお》られた本のページが音を立ててめくれる。

風が止むと銀河は目を開け、今の突風がどこから来たのか探るように、窓の外を見回した。

「あ……」

夜空に星が瞬いていた。幾つも。幾つも。

今宵《こよい》は新月。月明かりのない暗い空に、無数の星がきらめいている。

天の河だ。

「……」

空を見上げ続ける銀河。

「……僕はやるべきことをやったんだ。おかげで早死にしたのかもしれないけど、後悔はない。人生で何より恐れることは、何一つ成し遂げられずに終わることだ。何者にもなれないままで終わることだ……」

彼女が口ずさんだ文章は、『ホテル・カロン』の劇中で、早世した少年が主人公の環に告げたセリフだ。銀河は一字一句違えなかった。

銀河は弾《はじ》かれるように窓から離れた。スリッパを履いたままベッドを乗り越え、サイドテーブルに長らく放置していた僕を開いた。環と少年の別れの場面を探す。読む。そこだけを二度、すごい速さで読んでから、今度は冒頭からゆっくりと読み始める。

一語一語を噛みしめるように。

読み終わった彼女の目には、もう淀《よど》んだ絶望は浮かんではいなかった。

「あたしがやるべきこと……あたしがなれるもの……」

翌朝、銀河は看護師を捕まえると病室で電子器機を使わせて欲しいと頼んだ。

看護師はきょとんとした顔で「元から禁止されていませんよ？」。

そう聞いて銀河は笑った。

次にしたことは自宅への電話だ。

「タブレットが欲しいの。キーボードがつなげられる奴」

銀河の唐突なお願いに、けれど母親はその日のうちに家電量販店に行って、買いそろえてきてくれた。

「なんに使うの？」

「ちょっとね」

母親は訝《いぶか》しんだが、強く聞き出そうとはしなかった。理由はなんであれ、娘が前向きになったことを喜ぶことにしたのだろう。体調がいいとは言えないだろうに、銀河は先日までとはうって変わって溌剌《はつらつ》としていた。

その日の午後一杯を、銀河はタブレットの操作を学ぶことに使った。

面会時間が終わって母親が帰宅し、一人になると銀河はベッドに食事用の台を設置して、その上にタブレットを載せた。電源オン。

最初は日記をつけるのかと思った。すぐに違うと分かった。

銀河が始めたのは創作——小説の執筆だった。

初日はろくに書けなかった。執筆以前にタイピングに慣れていないのだ。ミスタイプをして、要らない文字の消し方で戸惑って、思った漢字が出てこないことに苛立《いらだ》って、設定の変更方法がわからなくて、操作ミスでファイルを保存せずに閉じて「ぎゃーっ！」と叫ぶ。

そんなことをしばらく続けて、

「……これなら手書きの方が速い気が……。いや、慣れたら絶対こっちの方が速いはず……」

眉間に皺を寄せる銀河は、けれど辛そうではなかった。

数日タブレットと格闘した後、銀河は売店でノートと鉛筆を買ってきた。ノートにあれこれ思いつきを書き殴ってから、タブレットに文章を入力する。そのスタイルにすると、以前よりも文章を作るのがスムーズになった。

銀河の生活はまたしても変わった。

日中は手術ができないと告げられる前のように、面会には制限が課せられた。

病室に一人、規則正しく読書の日々。面会時間が終わって一人になると、ノートとタブレットを取り出して執筆を始める。

銀河が小説を書こうとするのは、これが二度目だ。最初は高校一年生の頃。あのときは途中で挫折した。その理由を銀河は「未熟だから」あるいは「才能がないから」だと思っていただろう。そうではないのだと、今、僕は思う。

物語とは、技術や才能が生み出すものではない。

意思だ。

あの頃の銀河にはそうする必要も、しなければならないという思いもなかった。興味本位で創作の真似事《まねごと》をしてみただけだ。今は違う。銀河の目には明確な意志の光があった。書かなくてはいけない——

「書くしかないのだ」という切ないほどに強い意思があった。

自分が小説を書いていることを、銀河は誰にも言わなかった。親はもちろん、見舞いに来た輝星にも。睦月がやってくるときにはタブレットどころか資料として買った本まで隠しておく念の入れようだった。

さすがの銀河も、僕という無機物の傍観者がいることには気付けなかったけど。

毎晩、銀河は休むことなく書き続けた。

何度も行き詰まり、時に書き直し、行きつ戻りつしながら文章を綴《つづ》っていく。

文章が浮かばずに一行も書けない夜もあったし、逆に書きたいのに体力が続かなくて断念——というか寝落ちしてしまう夜もあった。それでも一日も休むことなく、銀河は書き続けた。

日に日に銀河は消耗していった。病気で体力が落ちているところに、連日深夜までタブレットに向かっているのだ。身体にいいはずがない。創作のために命を削っているようなものだ。何の比喩でもなく。

見るからにやつれていく銀河を見ているのは辛かった。けれど僕は、もしも彼女に声をかけられたとしても、やめろとは言わなかっただろう。

銀河はやるべきことを見つけたのだ。

止められるはずがなかった。

僕にできることは、見守ること、そして祈ること。

どうか完結までたどり着けますように——。

銀河が書いたのは、古代中国をベースにした架空の国家を舞台にした、ファンタジー小説だった。高校生の頃に途中で挫折した原稿と世界観は似てはいるが、ストーリーも登場人物も全くの別物だ。

タイトルは『見習い道士とおしゃべりすぎる封妖の書』。

まだ人の世界と神仙の世界が分かれていなかった頃。地上は無数の国家が入り乱れる戦乱の時代。ヒロインはとある小国の都に住んでいたが、隣国の侵攻によって家族を失い焼け出される。焼け跡で一人途方に暮れていたところを、天界の仙女に拾われ、下働きをしながら、道士としての修行をすることになる。あるとき仙女は仙人たちの集まりに出かけ、ヒロインは留守の間に家中を掃除しておくように命じられる。彼女は言われたとおりに掃除をするのだが、その最中、誤って、かつて仙女が書の中に封じた妖怪を解き放ってしまう。仙女が帰ってきてこのことが知られればきついおしかりを受ける。「大変だ」真っ青になるヒロイン。ところで妖怪を封じていた書もある種の妖怪で、しゃべったり不思議な術を使ったりできる。ヒロインはこの書と一緒に地上に降り、妖怪を封印する決意をする。タイムリミットは仙女が帰ってくるまで。はたして彼女は間に合うのか――。

地上に降りたヒロインと書は、妖怪を探して冒険の旅を繰り広げる。山賊に襲われたり、神仙を騙《かた》る邪教集団に攫《さら》われたり。旅の途中では様々なトラブルがあるが、それらを引き起こすのはいつも書だ。口の悪い書が厄介ごとを招き、ヒロインはそのことにいつも文句を言っている。だが、ある事件で書が破られ、口がきけなくなってしまうとうろたえる。無事に書が直ると、涙を流して喜ぶ。旅の間に書は彼女にとってかけがえのない相棒になっていたのだ。

　その後もヒロインは様々な人々との出会いを果たし、成長していく。やがて人間に化けて国を――ようやく平和な時代を迎えようとしていた国を乗っ取って悪の限りを尽くそうとしていた妖怪の正体を暴き、再び書の中に封印することに成功する。

　筋書きはシンプルで特に珍しいものはないが、ヒロインと口の減らない書のやりとりが軽妙で、読んでいると自然に心が弾んでくる。そんな作品だった。

　日に日に消耗しつつ、けれど決して歩みを止めることなく、銀河は書き続けた。

　そしてある日、

「できた……」

　最後の行に「了」と書き込んで、銀河はふうっと息をついた。


　小説が完成すると、銀河は睦月を呼んだ。

「見せたいものがあるって？」

　病室に現れた睦実は、コートを脱ぎながらそう言った。

　折りたたんだコートを膝に載せて腰掛けた睦月を見て、僕は季節の移ろいを知った。

　入院からもう、四ヶ月近くになるのだ。

「これ」

と銀河はこれまでひた隠しにしていたタブレットを差しだした。そこに文書ファイルが表示されているのを見て、睦月は眉を顰めた。遺書かそれに近いものを想像したのだろう。だがファイルを開いて冒頭を読むとハッと顔を上げた。

「銀河、これ……」

「小説。あたしが書いたの。最初に睦月に読んでもらおうと思って……睦月？」

呼びかける銀河。睦月は返事をしない。食い入るようにタブレットの画面に見入っている。その目が文章を追いかけて忙《せわ》しなく動く。

「あの、ちょっと、目の前で読まれるとさすがに恥ずかしいんだけど……」

銀河はそう言ったけど睦月はやっぱり聞いちゃいない。銀河の小説に、物語世界に没入してしまっている。

「しょうがないなあ……」

笑って、銀河はベッドに横になって自分も本を開いた。けれどこちらは文章を追いかけられず、睦月の様子を盗み見している。

その、奇妙な状態が二時間ほど続いて、不意に病室のドアがノックされた。

現れたのは輝星だった。

「藤川さんも来てたんだ」

「ごめん。睦月は読書中だから返事できない」と銀河。

「読書ぉ？」

見舞いに来ておいて病人ほったらかして読書に没頭しているのは、普通に考えておかしい。けれど銀河も一度読み始めると周囲の声が聞こえなくなるタイプで、銀河と付き合っている輝星は銀河のその習性を知っているから、本好きの同類である睦月もまあ、そうなんだろうと納得した様子だった。

「これは読み終わるまでこのままだよな。出直した方がいいのかな」

輝星の呟きに銀河は顔を上げた。

「何か用事あった？　睦月がいるとまずいこと？」

「んー。そういうわけじゃない、んだけど……」

輝星は言葉を濁す。

突然、

「ぷはーっ！」

物語に没入していた睦月が顔を上げて大きな息を吐いた。はあはあと呼吸を繰り返した。

「あー、息をするの忘れてた」

いけないいけない、と呟きながら、睦月はタブレットを銀河に返す。読み終わったのだ。

「……ど、どうだった？」

「すっっっっっっっっっっっっっっごくおもしろかった！」

こわごわ訊ねた銀河に、睦月はここが病院であることを忘れたような大声で答えた。

「すごい。なんかもうすごい。楽しすぎて楽しい」

「睦月、日本語おかしくなってる」

「だってそのぐらい面白かったんだもん。なんだか、初めて小説読んだ頃のピュアな気持ちを思い出しちゃった」笑顔で言って、「でも、ちょっと言いたいこともある」

「言いたいこと？」

「中盤から出てくる、書物修復士の女の子って、私だよね？」

「……バレたか」

銀河は舌を出した。

「バレないわけないじゃない。そのまんまだもの。それで身分を隠して旅をしてる王子様は宮沢さん」

「え？　どういうこと？　小説に俺が出てくるの？　なんで？」と輝星が首を傾げた。

「銀河が書いた小説なんです。で、登場人物のモデルが私たち」

そうなのだ。銀河は執筆に当たって実在の人物をモデルにした。睦月が挙げた二人の他にも、ヒロインを拾う仙女は高校の時の担任だし、ヒロインを攫って売り飛ばそうとする山賊集団は、大学一年のときの合コン事件が元になっている。そもそもヒロインが銀河をベースにしている。

「でも一つだけ元ネタが分からない。相棒の書のモデルって私の知らない人？」

「あ、それは実在する人じゃなくて……」

言って、銀河は僕を手に取った。

睦月が「ああ」と察して、

「環と相棒の付喪神を参考にしたのね」

そう言った。まあそれしかないよな、と僕も思った。

ところが、

「それもあるけど、そうじゃないの。ホテル・カロンの話じゃなくて、『この本そのもの』がモデル。モデルっていうか、空想？　夢想？」

「……どういうこと？」

睦月の問いに、銀河は僕を膝に置いてカバーを撫でた。

「あたしが睦月や輝星くんと知り合えたのは、この本があったからだから。あたしがこの本を読んでたから、睦月はあたしに興味を持ってくれたでしょ？　その睦月に誘われて天河ホテルに行ったから、輝星くんと出会えた。輝星くんとはあれがなくても後で出会ってただろうけど、あれがなかったら今みたいな関係にはなってなかったと思う。それだけじゃない。この本のおかげで、あたしは最初の手術を受ける気になったんだし、あたしが辛いとき、くじけそうなとき、いつもこの本が側にいてくれた。ずっと見守って、応援しててくれた。そんな気がするの。だから、そういう存在として、キャラクターにしてみたの」

銀河がそう言ったときの、僕の驚きが分かるだろうか。

僕はずっと、銀河の力になりたいと思っていた。彼女を勇気づけ、幸せにしたいと。けれど僕は本だ。話すことも身動きすることもできない。僕が彼女にしてやれることなんて何もないと思っていた。本であるこの身を憂い、人間になりたいと何度も願った。

そうした僕の思いは伝わらないものだと諦めていた。

だがどうだろう。

銀河は僕がいたおかげで、幸せになれたと言った。

自分の人生を下敷きにした物語の中で、最も重要なポジションに置いてくれた。

思いは、通じていたのだ。

ありがとう、銀河――僕の大切な人。

自分が本でよかったと、僕は強く強く思った。

この思いは銀河に伝わるだろうか。

「人生を変えた一冊か……なんかちょっと妬《や》けるなあ」

睦月はそう呟いた。愛おしそうに僕を撫でる銀河を見る。

「でも、なんで急に小説なんて？」

「睦月が書けって言ったんじゃない」

「それ高校のときの話でしょ。無理無理無理無理無理って言ったのに、なんで今になって書く気になったのかってこと」

睦月の問いに、銀河は少し考えた。

「……恩返し、かな？」

「恩返し？」

誰に対するものだろう。

「この本をきっかけに、あたしは睦月と出会って、たくさんの本を読むようになった。人生が豊かになった。本ってすごいよね、読んだ人の人生変えちゃうんだもん。だからあたしは編集者になって、面白い本を世の中にたくさん送り出したかった。みんなが幸せになれるように。でも……」

銀河は胸を押さえる。

「……あたしにはもう、その時間も体力もない。もらうだけもらって、一方的に消えていくのは嫌だなって思ったの。じゃあ残り時間で何ができる？　あたしの成すべきことって何？　って考えたとき、思い浮かんだのが『書く』ことだったんだ」

「銀河……」

素敵な本をたくさん読ませてもらった恩返しとして、銀河は自分も書いたのだ。この物語が誰かに感動を与え、人生を変え、幸せを運んでくれるように。

創作は、祈りだ。

銀河は顔を上げ、睦月を正面から見据えた。

「あたしは書いたよ。次は睦月の番」

「でも……」

睦月は視線をそらした。いまだ書けないままなのだろう。

「やっぱり、なんのために書くのか分からない？　じゃあ、あたしのために書いて。あの頃みたいに」

「銀河の、ため……」

睦月は銀河を見た。五年の時を飛び越えて、二人だけの文芸部を思い出す。あの頃睦月は純粋だった。技術なんてろくになかったけれど、読者を――銀河を喜ばせようと、それだけを思っていた。書く喜びに、読んでもらえる喜びにあふれていた。

「……やって、みる。ううん、やる」

睦月の瞳が強い意志の光を放つ。

「こっちは五年も創作してるんだから、今始めたばかりの銀河に負けてられないもん。絶対に銀河より面白いもの書き上げてみせるからね！」

「楽しみに待ってる」

そう言って腹心の友は、晴れ晴れと笑い合うのだった。

睦月はしばらくおしゃべりをしてから帰った。

いつまでも話し足りなそうではあったけれど、おしゃべりの途中で何か閃いたみたいで、帰って小説を書くことにしたのだ。

睦月が帰ると、それに合わせて輝星も帰ろうとする。

「何か話があったんじゃないの？」

銀河が訊ねた。

「いや、今日のところは出直すよ」

「今言って」

「また今度な。銀河も疲れてるだろ」

「輝星くん」

銀河は真剣な声を出した。

「あたしには、『また今度』なんてないかもしれないんだよ？」

これは効いた。輝星は病室から出ようとしていた足を止めて拳を強く握る。深呼吸。

戻ってきて、睦月が座っていた椅子に腰を落とした。

「心を落ち着けて聞いて欲しい」と輝星は前置きした。「……ちょっと前に、銀河のお父さんと会ったんだ。会ったというか、呼び出された」

「お父さんが？」

「銀河と別れないか、って」

「っ！　何それ。輝星くんが邪魔だって言いたいの!?」

「落ち着け銀河。身体に障る」

そんなことを言われても無理というものだ。銀河は怒りに頬を紅潮させている。

輝星はそんな銀河を宥《なだ》めるように優しい声で、

「そういうことじゃない。お父さんは俺のためを思って言ったんだ」

銀河はもうよくなることはない。どれだけ時間が残されているのか分からないが、そう遠くない未来に別れがやってくる。それは輝星にとっても辛いものになるが、しかしそれ以上に問題なのが「それがいつなのか分からない」ことだ。

残り時間の分からない、決して勝てない戦い――それは関わる人間を確実に消耗させる。ボロボロにしてしまう。

輝星は今、大学三年生。大事な時期だ。同情心で不毛な戦いに付き合って、人生を台無しにしてしまうことはない。家族でもない輝星に、そんな負担はさせられない――銀河の父親は、そんなことを考えたのだ。

「でも俺は、同情で付き合ってるわけじゃない。本気で、君に人生を捧《ささ》げるつもりでいる。そう言ったんだけどお父さんは分かってくれなかった。俺の覚悟を信じられないみたいだった。まあ、口ではどうとでも言えるしな」

輝星は息を継いだ。

「だから、行動で示すことにした」

ポケットを探る。

青いビロードの小箱。銀のリング。

「俺と、結婚して下さい」

銀河の目に大粒の涙が生まれた。

「……こんなあたしでよければ、喜んで」


「さすがに結婚式は挙げられないよな」と輝星が言い、

「ここで祝えばいいんじゃない？」と銀河が言った。

そして年が明けた。

年末年始は、長期の入院患者でも症状の安定している人たちは一時帰宅をして家族と一緒に過ごす場合が多い。一時的に人が減って静かになった病棟で、銀河の病室だけが例外的に明るく、賑《にぎ》わっていた。

この日集まったのは銀河と輝星、睦月、そして銀河と輝星のそれぞれの両親——と、僕の合計七人と一冊。これだけ人がいるとさすがに狭く感じる。

「それでは、銀河と宮沢さん結婚おめでとうございますアンド新年明けましておめでとうございます！ 乾杯！」

音頭を取った睦月が紙コップを掲げると、僕以外の全員が一斉に乾杯に応じた。動けない僕は、代わりにこの場の誰よりも強くお祝いの念を送っておいた。

「おめでとう！」

「ありがとう」

銀河は今日もベッドに入ったままだ。とはいえ体調はそう悪くはなく、身体を起こして幸せそうに微笑んでいる。

銀河の隣には照れ臭そうな笑みを浮かべる輝星。二人の左手にはおそろいの銀の指輪が光っている。

主役の向かいには、テーブルを挟んでそれぞれの両親が並んでいる。四人とも穏やかな表情だ。

初め、銀河の両親は結婚には反対をしていた。

結婚したところで銀河の病気がよくなるわけではない。けれども同意したのは、銀河が幸せそうだったからだ。

輝星は大学を辞めて働き、銀河の医療費を稼ぐつもりでいたらしいが、それについては銀河の父親が強く言って止めた。「そんなことより銀河の側にいてやってくれ。

何より大切なのは時間なんだ」。

銀河の人生を、少しでも幸せで満たすこと。それが親の務めだと覚悟したのだろう。

テーブルには本の形をしたケーキが用意されていた。表紙と背の部分はチョコレートで、天地と小口は白いクリーム。題字の代わりに「happy wedding!」の飾り文字。この日のための特注だ。

「それでは御入刀です」

輝星が銀河の背中を支え、ケーキに近づける。二人が持ったナイフがケーキに切り込みを入れると、みんなが盛大な拍手をした。

「ありがとうございます。……ところで、もうひとつ嬉しいニュースがあります」

輝星はそう言って一同を見回してから、銀河を見た。

「この前銀河が書いた小説が、出版されるかもしれません」

「うそっ！」

と真っ先に叫んだのは銀河だった。

「どういうこと？　なんで？」

わけが分からない、という顔。そりゃそうだろう。銀河はあの小説を睦月と輝星にしか見せていない。後でウェブ小説サイトで公開するかも、とは考えていたが、まだ実行はしてないのだ。

「ごめん。あれ、勝手に叔父さんに見せたんだ。そしたら『少女小説はうちの専門外だから、知り合いの編集者に見せてみる』って。で、その編集さんが『出版に向けて相談がしたいから作者を紹介してくれ』と」

銀河は両手を頬に当てた。目が潤んでいる。

「あたしの書いたものが、本に……」

「すごいじゃない銀河！　おめでとう！　あ、でもこれで先を越されちゃったのか。嬉しいけど悔しい」

ぐぬぬと拳を握る睦月。

「ありがとう、睦月。睦月もきっとすぐだよ」

「当たり前だよ。ぜったい追いついて、いや、追い抜いてみせるからねっ」

嬉しいことに嬉しいことが重なって、病室は一層明るさを増す。

母親が、銀河が子供の頃のことを話すと、輝星は「今と全然違う」と驚いた。「もっと色々教えて下さい！」と身を乗り出す輝星の脇腹を銀河が力一杯つねる。「お母さんも余計なこと言わなくていいから！」。すると輝星の母親が「私も是非とも聞きたいわ。うちの子は何にも言わないんだもの」と銀河の母親に促した。

今日のために上京してくれた輝星の両親は、つい最近まで銀河と輝星が付き合っていたことすら知らなかったらしい。それがいきなり「結婚することになったから」と言われて文字通りびっくり仰天したらしい。

狭いテーブルにひしめくように並べられた料理を囲んで、常に誰かが笑い声を上げていた。うるさすぎると看護師が叱りに来るのではないかと僕は心配になった。

話はいつまでも尽きなかった。

銀河が「ふう」と息をついた。はしゃぎ疲れたのだ。誰もがそれを察して、明るい雰囲気は保ったまま、パーティーはお開きになる。

銀河は輝星の助けを借りてベッドに横になった。

「ありがとう」

輝星に礼を言ってから、僕を手に取り、両親の方を見てこう言った。

「……あたし、手術を受ける」

「銀河」

父親の顔が強ばる。

「手術の成功率は……」

「分かってる。でも、欲が出てきちゃったの」

「……」

「実を言うとね、小説を書き上げたとき『これでもういいかな』って気持ちだったんだ。これでやるべきことはやった、思い残すことはないって。でもそれは、勘違いだったんだって分かった。今、もっと書きたいって感じる。きっと、書けば書くほど書きたくなるんだと思う。だからそのための時間が欲しい。もっと生きたい」

父親の顔に、めまぐるしく感情が動くのが見えた。困惑、葛藤、恐怖——答えが出せないでいる父親の手を、母親がしっかりと握る。

両親は目を合わせ、そして、

「分かった。したいようにしなさい」

娘を信じることにした。娘が信じた希望を、自分たちも信じることにした。

正月休みが終わると、新条が別の出版社の編集者を連れて訪ねてきた。

「まさか鹿島さんが本を出すことになるとはねえ。僕としては作家じゃなく編集になって欲しかったけど……あ、もう鹿島じゃなくて宮沢さんなのか」

紹介してもらって名刺を受け取り、早速、出版に向けた話をする。

「改稿についてはあまり急がなくてけっこうですので、お体の具合を最優先というこ

とで」と銀河の担当になった編集者は言ったが、

「入院中は時間がたっぷりあるので、割とすぐできると思います」

と銀河は答えた。

「続きも書きたいですし、新しい話のアイデアもありますし」

その日から早速、銀河は改稿作業に入った。

もう小説を書いていることを隠さなくなったので、日中も作業ができる。

手術の成功率を上げるために体調を整えつつ、原稿に向かう日々だ。

手術に難色を示していた主治医も、銀河の意思が固いことが分かると覚悟を決め、
手術の用意に入ってくれた。

この頃は、銀河を取り巻く全てがいい方向へと進んでいた。

ああ。それなのに。

フィクションだったら何もかもうまくいくのだろう。成功率の極めて低い手術は成功し、目覚めた銀河は製本された自分の作品を手にとって微笑む。その後も順調な回復を見せて輝星との間に子供が生まれて、その頃には銀河はひとかどの小説家になっていて、我が子のために読み聞かせなんかしてやるのだ。温かな場面の後には優しいエンドマーク。読者は幸せな気分で本を閉じる。

けれど現実は、都合のいいところで止めることはできない。運命は銀河にとことん残酷だった。

改稿作業が佳境に入った頃、銀河は再び発作を起こした。

これまでで一番大きな発作だった。


銀河は、再び目を開けることはなかった。

5

事件や事故があって誰かが亡くなると、マスコミは「無言の帰宅」という表現を使う。あれはもう二度と話すことができなくなった被害者を差しているのだと思っていた。けれどそれだけではなかったのだと、僕は知った。取り残された人たちもまた、言葉を無くし、無言で帰宅を果たす。

半年ぶりの自宅は、凍りついたような静寂に満ちていた。微《かす》かな床の軋み、葬儀社の人の囁くような声が、家中のどこにいても聞こえそうだ。

僕は銀河の母親によって、銀河が病室に残した私物と一緒に回収され、銀河の机の上に置かれた。ベッドには銀河が安置されていた。死に顔は安らかだ。苦しまなかったのだと思いたい。

遺体が傷まないよう、部屋には暖房が入れられていない。冷え切った床に母親が跪《ひざまず》き、娘の横顔をじっと見つめている。階下からはぼそぼそと話し声。父親が業者と葬儀の段取りをしているのだろう。しばらくすると、母親は父親に呼ばれて一階に降りていった。僕は銀河と二人きりになる。

死に化粧を施された銀河はまるで眠っているようで、現実感がまったく感じられなかった。起き上がって本を読み始めないのが不思議でたまらなかった。

ねえ、寝てていいの？　そこに読みかけの本があるじゃないか。改稿作業だって終わってないじゃないか。問いかけても銀河は答えない。僕は途方に暮れた。

葬儀社の人が帰って行く、車のエンジン音がした。

それきり家の中は再び静まりかえる。

どのくらい経っただろう。再び玄関先で話し声がして、今度は父親が銀河の部屋に入ってきた。その後ろから、輝星。

「銀河……」

輝星はベッドの前に膝をつき、銀河の手を取った。それから頬を撫でた。

「持っていきなさい」

輝星の帰り際、父親はそう言って僕を差しだした。

「でも……」

「君が持っているのがいいだろう」

「……はい」

輝星は僕を受け取り、鞄に収めた。

銀河の家を出た輝星は、自分のアパートへと向かう。

途中で新条から電話があり、輝星は葬儀の場所と時間を伝えた。

輝星のアパートに入るのは久しぶりだった。一瞬、別の部屋かと思ったのは、前にはなかった本棚が増えていたからだろう。銀河の影響を受けて、輝星も本を読むようになったのだ。

狭いアパートの、冷え切った床に輝星は腰を下ろした。ベッドに寄り掛かって天井を見上げる。うつろな瞳だ。それから鞄を開けて、僕を取り出し読み始めた。

輝星の読書ペースは恐ろしく遅かった。本を読める精神状態ではなかったはずだ。

それでも輝星は読み続けた。銀河が一番好きだった『ホテル・カロン』を。

「…………うっ」

本の半ばにさしかかった頃、輝星が嗚咽《おえつ》を漏らした。場面はホテル・カロンの従業員たちが団体客のどんちゃん騒ぎに巻き込まれるところだ。ここはかなりふざけていて、コミカルな場面のはずなのに、輝星は目に涙を浮かべ、歯を食いしばって文字を追いかける。

ページをめくるその手が、不意に止まった。本を支える指に力が、必要以上の力がこもる。指の跡がつくほどに、本が歪むほどに。手が震え、肩が震え、

「……銀河……銀河ぁ……」

ページに輝星の涙が滴り落ちる。

ああ。

その熱い涙を受け止めて、僕はようやく、銀河が死んだのだということを実感した。彼女はもう目覚めない。二度と本を読めない。

輝星が泣いている。銀河の名前を呼びながら。全身を震わせて泣いている。

僕に注いだ輝星の涙が、ページを伝って輝星の膝へと落ちていく。まるで、僕が涙を流したかのように。

輝星は僕の分まで泣いてくれたのだ。

そうして僕らは、最愛の人を失った悲しみを共有したのだった。

翌日、銀河の葬儀が行われた。

輝星は新条から借りた喪服を着ると、僕を上着のポケットに入れて斎場へ向かった。

銀河の両親に挨拶した後、親族として弔問客を迎える。

冬のまっただ中ではあったけれど、よく晴れて、太陽は眩しく照りつけていた。

受け付けを始めてすぐに、黒いワンピースを着た睦月が訪れた。

「銀河の馬鹿、まだ私の新作、読んでないじゃない……」

最後のお別れのとき、睦月は泣きはらした顔でそう言った。

新条と、銀河の担当編集者も弔問に訪れた。

「このたびはご愁傷様でございます。大変残念なことになってしまいましたが、銀河さんの本については、後は細かい誤字脱字の修正だけですので、このまま出版の方を進めさせていただければと……」

「ぜひそうして下さい。あの子もきっと喜ぶでしょう」

よろしくお願いします、と銀河の母親は深く頭を下げた。

葬儀は滞りなく終わり、銀河は霊柩車《れいきゅうしゃ》で火葬場へと運ばれる。

「お義父《とう》さん」

火葬の寸前、輝星は銀河の父親に声をかけた。僕をポケットから取り出す。

「この本、お棺に入れてやって下さい」

輝星は最初からそう決めていたのだろう。

「……いいのかい？」

「読むものがなかったら、銀河は困ると思うんで」

銀河の父親はうなずいた。

「そうだな、それがいい。天国がどんなにいいところでも、あの子が本なしで過ごせるはずがないんだから」

「他の本も持って来ればよかったかしら」

と母親が言った。

「足りなければ自分で書きますよ。あいつは作家でもあるんだから」

輝星がそう答えると、父親はふっと笑った。

「違いない」

……そうして今、僕はここにいる。

銀河の胸の上に、その手に包まれるようにして。

彼女の手はひんやりと、氷のように冷たい。その白い指が僕をめくることはもうない。悲しみはまだ僕の中にあふれている。けれど、寂しいとは思わなかった。

僕は今、こんなことを思っている。

銀河は死んでしまった。

その魂は肉体を離れ、天国へと向かう旅路にある。

途中には大きな河があって、河畔には古めかしいホテルが建っている。

生を全うした魂たちが、ひととき立ち寄り、安息を得る場所。銀河もそこに逗留《とうりゅう》している。

けれどそのホテルには図書室がない。

銀河はきっと退屈をもてあましている。

そこに僕が現れたら、彼女はどんな顔をするだろう。

周囲が熱くなってきた。

そう思った後にすぐ、棺桶《かんおけ》が炎を吹き上げた。熱と炎は僕の周囲を渦巻いている。

カバーが焦げる。小口がめくれ上がって火を吹いた。

業火に身を焼かれ、僕の意識は薄れていく。

恐怖はなかった。

それよりも銀河との再会が楽しみだった。

現世を離れたそのホテルでなら、僕もただの本ではなくなるだろう。自由にしゃべるくらいわけないはずだ。

ああ、銀河。

話したいことがたくさんあるんだ。


火葬場の煙突から一筋の煙が立ち上る。

冬の晴れた空に、まっすぐに。

本を愛した少女と、彼女を愛した本とが、静かに天へと昇っていく。

エピローグ
受け継ぐ
and then
【本を愛した彼女と、彼女の本の物語】

夏だった。夏の夜だった。

宮沢輝星は望遠鏡を担いで、故郷の山を登った。

周囲には虫の声と、葉ずれの音が満ちている。

ウッドチップの敷き詰められた小径を抜けると、鏡のように静謐《せいひつ》な湖面がある。

古びた桟橋に足をかける。がこ、ぼこ、と不安を誘う音がした。ずいぶんと老朽化が進んでいる。けれどまあ、今日突然崩落するようなことはないだろう。

突端に三脚を立てて、望遠鏡を据える。

数年ぶりの天体観測だったけれど、手順は指が覚えていた。

用意を整えて、しかし輝星は望遠鏡を覗こうとはしなかった。その場を誰かに譲るように下がると、少し離れたところにあぐらをかいて座り込んだ。

持ってきた缶コーヒーを一口飲むと、輝星は自分の目で星空を見上げた。

輝く天の河に目を細める。

突然、背後で物音がした。

彼は何かに期待するように振り返る。小さな獣が逃げていく。彼女ではなかった。

「……ま、そうだよな」

苦笑を浮かべて、また、星空を見上げる。

彼女がこの世を去ったとき「結局何もしてやれなかった」と彼は悔いた。彼女に言わせればそれはない。彼がいてくれるだけで、どれだけ幸せだったか、どれだけ励まされたか、一晩中でも力説しただろう。他の誰にもできないことを、彼はしてくれたのだと言うだろう。

だがそれでは彼は納得できなかった。具体的な行動が必要だった。

彼女のためにできることがあるはずだ。今からでも。

一人になってずっと、そのことばかり考えて、そして見つけた。

「……俺さ、編集者になったよ。まあ、まだド新人で担当作家はいないし先輩について回って叱られてるだけだけど」

一冊でも多くの素敵な本を、一人でも多くの読者の元へ——それはかつて、彼の最愛の人が抱いた夢だ。

本を作ること——本を通じてみんなに感動と幸せを届けること。

彼女ができなかったことを、彼はやろうと決めた。

「……そこで見守っててくれよな」

銀河は静かに瞬いていた。

☆

その日、藤川睦月は国内でも有数の規模を誇る出版社の会議室に来ていた。

待ち合わせの時間ぴったりにドアがノックされ、編集者と記者、カメラマンが続けて入ってきた。

「お待たせしちゃってすみません、先生」

「いえ、私が早く来すぎただけですから」

睦月は立ち上がってそう言った。編集者が互いを紹介して、睦月は記者と名刺を交換する。

改めて着席すると、記者は机にボイスレコーダーを置いた。

「あ、録音するんですね」

「インタビューですから。お嫌ですか？」

「いえ、そういうわけではなく。『ああ本当にこういう風にやるんだな』って思って。

……ちょっと緊張しますね」

「これからこんな機会はいくらでもありますし、慣れますよ」

記者はそう言ってボイスレコーダーのスイッチを入れた。

「まずはおめでとうございます。『箒星《ほうきぼし》』、早くも二十万部突破だそうですね」

「二十五万部です」と編集者が口を挟んだ。「今日、また重版が決まりました」

「それはすごい！　この調子ですと、もう映画化の話も来てるんじゃないですか？」

「どうなんでしょう。私は聞いていませんが」

睦月は編集者を見た。

「すみませんがノーコメントで」と編集者。

記者は察したようにうなずいた。メディアミックスとなれば発表のタイミングにも気を遣う。そこの機微は記者であれば当然理解しているものだ。

「今の質問はカットですね。……さてこの『箒星』ですが、私も読ませていただきました。読んでて、自分が中高生だった頃をすごく思いだしました。私もこんなふうに、何となく息苦しい、未来は薄ぼんやりとした暗闇だと感じてました。その闇を切り裂いて突っ走る女の子たちの姿を見て、すごく熱くなりました。ネットの感想でも、そういう意見が多いですね。勇気がもらえた。自分も何かしなくちゃって気分になる、などなど」

「ありがとうございます」

「これは先生の学生時代がベースなんでしょうか？」

「全くのオリジナルです。私の中学時代はなんと言うか……暗黒時代だったので」

「暗黒時代」

「本当ですよ。活字だけが友達で、ぼっちも極まってましたし」

「その辺りのことを深くお伺いしても？」

「……勘弁して下さい」

「残念。ではこの作品が生まれた経緯についてお伺いします」

「うーん。『自然と浮かんできた』じゃダメですよね」

「もう少し具体的だと嬉しいですね。ファンの方も、この素敵な作品がどうやって生み出されたのか、知りたいと思うので」

「…………」

睦月はしばらく考え込む。答えを探しているのではなかった。公にするかしないか、迷ったのだ。

「……自分一人だったら、こういう話は書かなかったと思います。そもそも作家になれていたかどうか」

「と言うと？」

「私、以前はもっと難しい……というのもちょっと違うかなあ？　……小賢《こざか》しい、うん、小賢しいものを書いてたんですよ。社会派ぶった。リアルならリアルなほどいいと思い込んでて。完成度は高かったと思います。当時見てもらったプロの編集者にもそこは褒められましたし。でも、その編集者に同時に言われたんです。『あなたの作品は読者のことなんかまるで考えてない』って。一刀両断でした。それで全然書けなくなって。もう小説書くのなんか止めようと思って。でも私の一番の親友が――中学時代はぼっちだったけど、高校では友達できたんですよ。その子だけでしたけど（笑）。その子が、『あたしのために書いて』って言ったんです。それで、彼女が好きそうな話、彼女が喜びそうな話を作ろうって。その頃彼女は入院してて、勇気づける、元気になれる話がいいなって。そうしたら、それまでが嘘みたいにアイデアが浮かんで、すらすら書けるようになって」

「それで生まれたのが『箒星』なんですね。素敵なエピソードです。献辞に『腹心の友へ』とありますが？」

「ええ、その子です」

「こんな素敵な物語を贈られて、喜ばれたでしょうね」

「……だといいですね」

睦月の表情にふと陰が差す。記者が訝る。

「彼女は結局、私が書き上げる前に亡くなってしまったので」

「そうだったんですか……。事情も知らずに失礼しました」

睦月は微笑んだ。

「この本が売れたことはありがたいです。読者の方には感謝しかありません。でも、正直に言うと、何万部とか映画化とか、私にとってはどうでもいいんです。彼女の笑顔が見たい。彼女を楽しませたい。私が書く理由はそれだけです。これからも彼女のために書き続けるでしょう。私を作家にしてくれた彼女のために。それが多くの人の心を打つ作品になったら、彼女も喜ぶと思います」

☆

日本海に面した、とある地方都市。

その郊外に、ローカルチェーンの小さな書店があった。

店舗面積も品揃えも大規模店に遠く及ばない。自転車で行ける範囲に中学校と高校が並んでいるおかげでどうにか経営が成り立っている。そんな書店だ。

夏休みのある日、その書店に彼女は来店した。日焼けした肌。ムッツリとした不満顔。彼女は中学生で、この夏は家族旅行に行くはずだった。ところが親の急な仕事の都合でフイになった。友達は沖縄とか北海道《ほっかいどう》とかグァムとか行ってるのに、あたしだけ蒸し暑さに耐えながら地元に残っている――そりゃあ不満だし、不機嫌にもなろうというものだ。

そんな娘にお詫《わ》びのように、母親は小遣いを余計にくれたのだけど、一緒に遊ぶ友達が残っていないのではどうしようもない。

しょうがないから漫画でも読むかと書店に来たものの、彼女のお気に入りの週刊少年誌はお盆のせいで休みだし、買い集めている漫画の最新刊も、公式発売日は過ぎているのに並んでいなかった。この地域は首都圏よりも配送が遅いのだ。

「これだから田舎は……」

ぼやく。

欲しいものが何もない。でもこのまま帰っても退屈するだけ。

それで彼女は店内をさまよい始めた。他の漫画――いまいち興味を引かれない。大人向けの小説は頭が痛くなりそうだけど、児童書を読む歳でもない。実用書だのビジネス書だのはそもそも視界に入らない。時代小説も海外小説も以下同文。

少年向けのライトノベルコーナーを通り過ぎ、少女小説にさしかかったところで彼女はふと足を止め、一冊を棚から抜き取った。その本を選んだのは、作家名が気になったからだ。シュリンクもされていなかったので立ち読みを始める。

「………」

大きな瞳がさらに大きく見開かれた。

彼女の心は一瞬で田舎町を離れ、距離も時間も飛び越えた物語の世界へと飛んでいく。本を持つ手に力が入る。ページが次々めくられる。この先一体どうなっちゃうんだろう。ヒロインとしゃべる本の行く末が気になって仕方がない。

突然、背中に軽い衝撃を受けた。通路を塞いで立ち読みしていた彼女に、よそ見をしていた別の客がぶつかったのだ。

「あ、ごめんなさいっ」

我に返った少女はぶつかった相手に謝り、それから、読みかけの本を持ってレジへと向かった。誰にも邪魔されないところで読みたい。

会計を済ませて店を出ると、家までの道のりを全力で駆けた。玄関でサンダルを蹴飛ばすように脱ぎ捨てて階段を駆け上がり、自分の部屋に飛び込む。書店の紙袋を破り捨てて本を開き、さっきまで読んでいた場面を探す。

ベッドに寄り掛かって、立てた膝の上に本を拡げ、彼女は一心不乱に読みふけった。

読み終わると顔を上げ、熱い吐息を漏らした。

小説ってすごい。

もっと読みたい。いや、読むだけでは足りない。自分もこんな物語が書きたい。

その思いのままに少女は机に向かう。ノートの後ろのページに、キャラクターや世界観を思いつくまま書き殴る。それは控えめに言っても、今読んだばかりの本の真似《まね》でしかなかった。

けれど、そう遠くない未来、彼女は自分の言葉を見つけ、自分だけの物語を綴るだろう。

かつて誰かがそうしたように。

そして、物語は生まれ続ける——

本書は書き下ろしです。

◇◇メディアワークス文庫

本《ほん》を愛《あい》した彼女《かのじょ》と、彼女《かのじょ》の本《ほん》の物語《ものがたり》

上野《うえの》 遊《ゆう》

2019年9月25日　初版発行

発行者	郡司 聡
発行	株式会社KADOKAWA
	〒102-8177　東京都千代田区富士見2-13-3
	0570-06-4008（ナビダイヤル）
装丁者	渡辺宏一（有限会社ニイナナニイゴオ）
印刷	旭印刷株式会社
製本	旭印刷株式会社

●お問い合わせ（アスキー・メディアワークス ブランド）
https://www.kadokawa.co.jp/（「お問い合わせ」へお進みください）
※内容によっては、お答えできない場合があります。
※サポートは日本国内のみとさせていただきます。
※Japanese text only

※定価はカバーに表示してあります。

Printed in Japan
ISBN978-4-04-912688-4 C0193

メディアワークス文庫　https://mwbunko.com/

本書に対するご意見、ご感想をお寄せください。

あて先
〒102-8584　東京都千代田区富士見1-8-19
メディアワークス文庫編集部
「上野 遊先生」係

◇◇◇

農村ガール！

上野 遊

髪型よし！　メイクよし！
でも通勤経路は田んぼ脇!?

敏腕キャリアウーマンを目指して一流企業「月見食品」に就職した華。念願叶って希望の部署に配属されたと思いきや、勤務先は秋田の山奥にある営業所だった！

赴任初日に熊に襲われ、指導係のイケメン上司は時代錯誤の頑固者。さらに与えられた仕事は想像もしなかったとんでもないもので――!?

豊かすぎる大自然の中で生きる意味を見つめ直す、お仕事奮闘物語！
